副刊文丛

主编 李辉 王刘纯

慢下来,发现风景

虞金星 著

中原出版传媒集团
中原传媒股份公司
大象出版社
·郑州·

图书在版编目(CIP)数据

慢下来,发现风景/虞金星著.— 郑州:大象出版社,2019.12
(副刊文丛/李辉,王刘纯主编)
ISBN 978-7-5711-0363-7

Ⅰ.①慢… Ⅱ.①虞… Ⅲ.①随笔-作品集-中国-当代 Ⅳ.①I267.1

中国版本图书馆CIP数据核字(2019)第244092号

慢下来,发现风景

MAN XIALAI,FAXIAN FENGJING

虞金星 著

出 版 人	王刘纯
项目统筹	李光洁 成 艳
责任编辑	宋 伟
责任校对	陶媛媛
封面设计	段 旭
内文设计	杜晓燕

出版发行 **大象出版社**(郑州市郑东新区祥盛街27号 邮政编码450016)
发行科 0371-63863551 总编室 0371-65597936
网　　址 www.daxiang.cn
印　　刷 北京汇林印务有限公司
经　　销 各地新华书店经销
开　　本 787 mm×1092 mm　1/32
印　　张 8.375
字　　数 110千字
版　　次 2019年12月第1版　2019年12月第1次印刷
定　　价 42.00元
若发现印、装质量问题,影响阅读,请与承印厂联系调换。
印厂地址　北京市大兴区黄村镇南六环磁各庄立交桥南200米(中轴路东侧)
邮政编码　102600　　　　　　电话　010-61264834

"副刊文丛"总序

李 辉

设想编一套"副刊文丛"的念头由来已久。

中文报纸副刊历史可谓悠久,迄今已有百年。副刊为中文报纸的一大特色。自近代中国报纸诞生之后,几乎所有报纸都有不同类型、不同风格的副刊。在出版业尚不发达之际,精彩纷呈的副刊版面,几乎成为作者与读者之间最为便利的交流平台。百年间,副刊上发表过多少重要作品,培养过多少作家,若要认真统计,颇为不易。

"五四新文学"兴起,报纸副刊一时间成为重要作家与重要作品率先亮相的舞台,从鲁迅的小说《阿Q正传》、郭沫若的诗歌《女神》,到巴金的小说《家》等均是在北京、上海的报纸副刊上发表,从而产生广泛影响的。随着各类出版社雨后春笋般出现,杂志、书籍与报纸副刊渐次形成三足鼎立的局面,但是,不同区域或大小城市,都有不同类型的报纸副刊,因而形成不同层面的读者群,在与读者建立直接和广泛的联系方面,多年来报纸副刊一直占据优势。近些年,随着电视、网络等新兴媒体的崛起,报纸副刊的优势以及影响力开始减弱,长期以来副刊作为阵地培养作家的方式,也随之隐退,风光不再。

尽管如此,就报纸而言,副刊依旧具有稳定性,所刊文章更注重深度而非时效性。在新闻爆炸性滚动播出的当下,报纸的所谓新闻效应早已滞后,无法与昔日同日而语。在我看来，唯有副刊之类的版面，侧重于独家深度文章，侧重于作者不同角度的发现，才能与其他媒体相抗衡。或者说，只有副刊版面发表的不太注重新闻时效的文章，才足以让读者静下心，选择合适时间品茗细读，与之达到心领神会的交融。这或许才是一份报纸在新闻之外能够带给读者的最佳阅读体验。

1982年自复旦大学毕业，我进入报社，先是编辑《北京晚报》副刊《五色土》，后是编辑《人民日报》副刊《大地》，长达三十四年的光阴，几乎都是在编辑副刊。除了编辑副刊，我还在《中国青年报》《新民晚报》《南方周末》等的副刊上，开设了多年个人专栏。副刊与我，可谓不离不弃。编辑副刊三十余年，有幸与不少前辈文人交往，而他们中间的不少人，都曾编辑过副刊，如夏衍、沈从文、萧乾、刘北汜、吴祖光、郁风、柯灵、黄裳、袁鹰、姜德明等。在不同时期的这些前辈编辑那里，我感受着百年之间中国报纸副刊的斑斓景象与编辑情怀。

行将退休，编辑一套"副刊文丛"的想法愈加强烈。尽管面临新媒体的挑战，不少报纸副刊如今仍以其稳定性、原创性、丰富性等特点，坚守着文化品位和文化传承。一大批副刊编辑，不急不躁，沉着坚韧，以各自的才华和眼光，既编辑好不同精品专栏，又笔耕不辍，佳作迭出。鉴于此，我觉得有必要将中国各地报纸副刊的作品，以不同编辑方式予以整合，集中呈现，使纸媒副刊作品，在与新媒体的博弈中，以出版物的形式，留存历史，留存文化，便于日后人们借这套丛书领略中文报纸副刊（包括海外）曾经拥有过的丰富景象。

"副刊文丛"设想以两种类型出版，每年大约出版二十种。

第一类：精品栏目荟萃。约请各地中文报纸副刊，挑选精品专栏若干编选，涵盖文化、人物、历史、美术、收藏等领域。

第二类：个人作品精选。副刊编辑、在副刊开设个人专栏的作者，人才济济，各有专长，可从中挑选若干，编辑个人作品集。

初步计划先从20世纪80年代开始编选，然后，再往前延伸，直到"五四新文学"时期。如能坚持多年，相信能大致呈现中国报纸副刊的重要成果。

将这一想法与大象出版社社长王刘纯兄沟通，得到王兄的大力支持。如此大规模的一套"副刊文丛"，只有得到大象出版社各位同人的鼎力相助，构想才有一个落地的坚实平台。与大象出版社合作二十年，友情笃深，感谢历届社长和编辑们对我的支持，一直感觉自己仿佛早已是他们中间的一员。

在开始编选"副刊文丛"过程中，得到不少前辈与友人的支持。感谢王刘纯兄应允与我一起担任丛书主编,感谢袁鹰、姜德明两位副刊前辈同意出任"副刊文丛"的顾问,感谢姜德明先生为我编选的《副刊面面观》一书写序……

特别感谢所有来自海内外参与这套丛书的作者与朋友,没有你们的大力支持,构想不可能落地。

期待"副刊文丛"能够得到副刊编辑和读者的认可。期待更多朋友参与其中。期待"副刊文丛"能够坚持下去,真正成为一套文化积累的丛书,延续中文报纸副刊的历史脉络。

我们一起共同努力吧!

2016年7月10日,写于北京酷热中

目 录

小引　　　　　　　　　　　　　　1

此中意

一颜百年知　　　　　　　　　　3

台城寻梦　　　　　　　　　　　11

慢下来，发现风景　　　　　　　16

诗人汀湖老　　　　　　　　　　21

可惜了好大一片树　　　　　　　26

微服本是寻常事　　　　　　　　31

人到桥头见匠心　　　　　　　　37

广厦若不庇寒士　　　　　　　　41

子午山下写诗人 46

著名何其多 50

记住乡愁不意味着抗拒城市 53

隔代相知 56

刻下今天，抗拒遗忘 60

抒情有度 64

记取赤子心曲 67

童心未泯，童心且驻 78

不灭胸中万古刀 82

《燕山夜话》漫溯 87

"本地"生活 106

巍山的远与近 112

世上潮

世说江左，新语风流 119

铜豌豆无关崇高 123

开明之前世今生 127

时尚的革命时代	131
新人旧诗郁达夫	135
从学堂到学校	139
皇帝的职业教材	144
宋词是怎样变成高雅文学的？	148
老课本里的人文热望	153
千年往事凭诗见	162
"唱反调"的古诗和诗人们	167
秦关汉月参生死	174
远征的诗篇	180
能饮一杯无？	186
"营造"在李庄	191
同题有乾坤	197
万重山间过旅人	202
重读与重温	207
"时有微凉不是风"	212
"不敢收风尘"	216
"何用堂前更种花"	221

普通话不普通　　　　　　　　225

从"三线"到"一线"　　　　231

沧海曾望　　　　　　　　　237

小引

发现风景，或者也可以理解为认识世界。

少时，觉得改造世界才是人生要旨。"少年心事当拿云"，想象里总是风起云涌。渐渐就发现，平静地认识世界，就已经是件很有难度的事了。

达者说："已识乾坤大，犹怜草木青。"对我这样的普通人来说，乾坤之大尚未识透——可能穷尽一生也难，草木之青也未尽见。

认识到自己的平凡、有限，或正是人生到此的一个阶段。

不再做改造世界的梦，但愿意翻越认识世界的山，见见世界表层与里层的风景。

"大地山河眼里花"，据说是禅门的说法，但也不妨说是作为普通人，与这个世界交接时可以享受的一点乐趣。

凡事总有一点趣，或是理趣，或是事趣，可能是正，可能是闲，乐也有趣，忧也未必无趣……俱是认识世界的一点痕迹。

这个集子，算是我过去十多年里认识世界的星星点点。未必真是风景，却有缓缓而往的一点心意。

此中意

一颜百年知

看汪曾祺的小说《八月骄阳》，直接写到老舍的形象："这工夫，园门口进来一个人。六十七八岁，戴着眼镜，一身干干净净的藏青制服，礼服呢千层底布鞋，拄着一根角把棕竹手杖，一看是个有身份的人。"这是一个作家在小说中对另一个作家形象的表现，也意外勾起了我对作家如何活在后人心中这一问题的兴趣。法国的文学社会学学者埃斯卡皮有一个观点："一位作家的形象，他以后在文学人口中出现的面目，几乎近似于他四十岁左右给人留下的那个样子。"当然,埃斯卡皮也同时提醒我们:"这只不过是统计数字,很容易找出例外的情况。"而老舍与汪曾祺,可能恰恰都在这例外之中。

我们印象中与想象中的老舍,是写《骆驼祥子》《四世同堂》《龙须沟》与《茶馆》的老舍。《骆驼祥子》完成于1937年,是年,1899年出生的老舍将近四十岁。《四世同堂》写成于1948年后,《龙须沟》完成于1950年,《茶馆》创作于1956年,是年老舍年近六十。而今天的我们最熟悉的老舍的面目,当是新中国成立后、年过五十的老舍。"这个"老舍戴着眼镜,满头黑发打理得一丝不苟。这种形象也几乎一直保持到了汪曾祺的小说中——老舍"六十七八岁"的年纪。而1920年出生的汪曾祺,在上世纪80年代真正走入埃斯卡皮所说的"文学人口"的视野时,就已经年过六十,白发浓眉。两相对照起来,按埃斯卡皮的理论来判断,汪曾祺比之老舍更为"例外"一些。

我在这里勾勒两位前辈作家留在"文学人口"中的

面目，并不是为了探究埃斯卡皮的观点有多少例外。因为一个作家的被形塑，受太多不可归类的偶然因素影响。比如老舍，在新中国成立之初的前十年里，被作为"人民艺术家"为政府所褒奖。这种褒奖，使得这一时期的"老舍"成了他留在人们心目中的普遍形象。而如汪曾祺，年过花甲，才如被重新发现般在文坛上声名鹊起，与时代的政治和意识形态风潮的变动都有很密切的关系。

但我觉得，除这些偶然的因素之外，也有相对必然的因素，那就是：作家的形象还与他们的作品有着直接的关系，而这很大程度上取决于他们是如何看待"写作"这件事的。按我们今天的文学史分类，比较细致地说，老舍属于"京味"作家，而汪曾祺则是"京派"作家的余脉。尽管都带着个"京"字，但一字之差，实际上恰恰是他们写作的最大差别。

老舍1918年毕业于北京师范学校，学历只相当于中专。但在当时的中国，已经算是不低的学历，属于知识分子的一员了(有一个可作参考的数字：即使到了十余年后的1931年8月，全国各国立、省立和注册私立大学学生总共也不超过四万人)。按我们一般的看法来推论,既是知识分子,又是北京人,老舍怎么也应该属于五四运动中人。他离这场今天被我们定义为"划时代"的社会运动近在咫尺。但历史偏偏不会按着我们的想象来,老舍偏偏在此没有留下多少踪迹。于是,我们这些后来者也直觉地把他划入到老派的北京市民的群体里去,而下意识地忽略了1919年,老舍是一个刚中专毕业的二十岁青年。对此,我比较赞同社科院学者李洁非的观点:与鲁迅、郭沫若等人不一样,在走上文学道路以前,老舍"从没有预先把自己放到救国救民、先天下之忧而忧的典型的知识分子心理上去,甚至走上文学道路以后很久,基本也仍然不把自己放在这种位置"。从某种意义上来说,受过新式教育的老舍是"非知识分子",他"承接着北京胡同世俗、安然而浅近的气质",游离于城市另一边的惊天动地。

当然,这并不是说老舍不关心时局,倘若这样的话,那我们便生生地抹杀了老舍在抗战中的诸多付出。我们需要理解的是老舍最天然的精神气质,因为只有这样，我们才能进而理解老舍对于写作的看法。老舍在《我怎样写〈老张的哲学〉》里说：

> 二十七岁出国。为学英文，所以念小说，可是还没想起来写作。到异乡的新鲜劲儿渐渐消失，半年后开始感觉寂寞，也就常常想家。从十四岁就不住在家里，此处所谓"想家"实在是想在国内所知道的一切。那些事既都是过去的，想起来便象一些图画，大概那色彩不甚浓厚的根本就想不起来了。这些图画常在心中来住，每每在读小说的时候使我忘了读的是什么，而呆呆的忆及自己的过去。小说中是些图画，记忆中也是些图画，为什么不可以把自己的图画用文字画下来呢？我想拿笔了。

我觉得这一段话，尤可以拿来概括老舍的写作：拿笔把自己记忆中的"图画""画"下来。而从胡同里出来的老舍，"画"的自然是胡同里那些最"京味"的"图画"。阅读传记材料我们能够发现，在抗战的大时局改变千千万万中国人的生活与命运之前，已经登上文坛多年的老舍，实际上和文坛保持着相当的距离。他没有多少与其他成名作家的交游，也不属于近在咫尺的"京派"中人。或者说，他一直保持着写作的初衷："画"出心中的"图画"，"画"出老北京的生活。

比较有意思的是，老舍称自己为"写家"，而不是"作家"。这多少让我想起坚持自己"不想上文坛""只想上'文摊'"的赵树理。在我看来，老北京、胡同这样的乡土，就是老舍写作的里里外外。或者说，老舍的写作是表里一致的。老舍多年的理想就是当一个"职业写家"，心意诚挚。他也确实以一种老北京市民的形象出现在很多"文学人口"的记忆与想象里。

相比起来，汪曾祺的写作可以说是"表里不一"的。这里的"表里不一"当然不是贬义，而是代表了一种客观的写作状态。很多人把汪曾祺视作一位乡土作家，因为他作品的绝大篇幅都交给了江苏高邮这片土地。但与其说他在写这片土地，不如说他是带着"京派"的眼光去观照与描画这片土地。"表"是这片乡土，

"里"是汪曾祺的文人味、名士气。西南联大科班出身的汪曾祺,可以说在西南联大养成了一身"名士气"。汪曾祺在他的散文《天地一瞬》的结尾说:"但是我生活得最久,接受影响最深,使我成为这样一个人,这样一个作家,——不是另外一个作家的地方,是西南联大,新校舍。"

为什么将汪曾祺界定为"京派",我想很多人都看出了汪曾祺的写作所蕴含的一种特殊的、往前又有脉络可循的文化品位,比如宽容、节制、注重传统、崇尚自然、有古典韵味等。在某种意义上来说,汪曾祺是带着这样的文化品位走向高邮乡土的。这块土地不过是承载他的文化品位的一个特殊空间。有人说,看汪曾祺的作品能够静心,可以用来避世。他以一种文人士大夫式的韵味梳理生活,这种韵味不是来自"达则兼济天下"的一面,而是有"穷则独善其身"的意味,有韧性,生发出一种久远有之的老境之美,有人将这比作老树着花,我觉得分外贴切。

在一次题为《散谈人生》的讲演里,据听众回忆,汪曾祺曾说："我感觉人活着是美好的，人应该做个很美的人。我写作就是证实我的存在。只有写作的时候，我才觉得自己是活着的，其余的，吃饭、睡觉，只是必须条件。"他希望他的作品，能够给读者以向上的感觉，使人成为一个健康的人，一个有文化的人，一个有教养的人，一个趣味比较高的人，一个在精神上文雅的人，而不是一个蹩脚的人。读书和写作都是为了使自己活得更美好些，更有诗意些，能够远离俚俗，远离粗野。

我想这段话说得很明白，对汪曾祺来说，写作就是一种证实自身存在、使自己活得诗意的方式。因此，他必然会以自己的趣味与智慧去提纯现实生活。换言之，在他的作品这个"表"背后，有浓浓的生活智慧与名士气为"里"。贾平凹在一首诗中评价汪曾祺"汪是一文狐，修炼成老精"，可以说说出了很多人对汪曾祺这位作家的印象与想象。我想贾平凹说的，就是汪曾祺文章背后的这股气。

（2010年）

台城寻梦

或许是18世纪将没的某一天，一位行经台城的旅人带着连日行舟的水汽走上岸来。暮色中，他看见长街边的店铺陆续挂起灯来，连成一串光亮通向这座小城深处。河道里，南下北上的寄泊船只连绵，而船上的商人、船工们早已成群结队往小城的街巷里去了。夜色，竟让这里越发喧闹起来。

他不知道，后来，有人这样描述他此刻所见的景象："商贾迤逦。入夜，一河渔火，歌声十里，夜不罢市。"

他更不知道的是，仅仅二百年前，这一道河水尚未汇入那道闻名遐迩的千里大运河时，眼前所见的这片繁华夜景的所在，还只不过是荒原上的一个寂寞小村庄。明万历三十二年（1604），此间数百里河道开浚，船闸通航。区区二百年，这个小村庄似乎已经彻底改变了日出而作、日落而息的农耕社会清规，走向昼夜不息的繁盛。

其实，在很长一段时间里，与那位不知名的旅人一样，我也不知道这座"庄"这二百年间升腾的风云。

因为，更为我们所熟知的，是1938年这里遮天蔽日的炮火硝烟。三万中国军人，为抗击日寇，舍身护卫家园，长眠在这里。一场堪称惨烈的胜利，给了绝境中的中国人一种转折的希望，一种保存国族的信心。或许是那硝烟太浓，洒下的热血太烫，被记住的历史太痛苦悲壮，将这座从17世纪至此三百多年间"甲于一邑"的"庄"的繁盛历史深深掩埋，只剩下一片被夷为平地的废墟和立于废墟中的血肉长城。

这里是台儿庄，曾经繁盛，又毁于侵略者战火、铭刻英烈之名存于世间的台儿庄。回眼看去，从繁盛到弹痕累累的废墟，台儿庄几乎是用一身所有为我们这个民族开了一节历史课，讲述一段此后七十余年我们都深深铭记、未来也必然不会忘怀的历史。

台儿庄，曾经在京杭大运河这条中国大动脉的中间点上。它在鲁南苏北之间，更在中国的南北之间。在上千公里的南北水道上，它几乎是仅有的呈东西走向的一段。大运河在此处转折休憩，数百年来忙忙碌碌的漕运粮船，也要在这里缓缓过闸。每年四百万石的粮食，经此处北运，"江浙湖广诸行省，漕粮数千艘，皆道峄境北上，商旅岁时往返不绝"。

数百年漕运，使这个以"庄"为名的所在，早已脱了最初的身形，由庄而集，最终长成一座"繁荣富庶"的城。最盛时，台儿庄城内有居民五千户，房屋两万间。到台儿庄大战之时，以官署、庙宇、会馆为主的六千多栋建筑，成为在装备上处于极大劣势的中国将士巷战拼杀、以血肉填枪炮的倚仗。大战之后，那曾彰显运河繁华的飞檐青瓦、长街短巷，几乎成为一片焦土。

战后清扫战场，亲历者别志南先生曾以诗记录这惨烈悲壮的场景：

> 三千人家十里街，
> 连日烽火化尘埃。
> 伤心几株红芍药，
> 犹傍瓦砾惨淡开。

这战后遗存、伤心却坚韧开放的红芍药，或许是台儿庄由屋宇连片的盛景变为断壁残垣、寸寸焦土的最合适见证者。它见证了救亡图存的残酷战争，也记录了那些人来人往的运河生活，或者更是台儿庄浴火重生信念的象征。看到台儿庄，我脑海中浮现出的另一个场景，是圆明园的残景。它们都毁于近代以来我们的国家、民族受外敌欺凌侵略之时，只不过，圆明园只展露屈辱，而台儿庄却同时昭示重生。

这是 21 世纪的某一天，当那位数百年前的旅人在夜色中隐去，新到的游客站在依旧流淌不息的古运河边，看水面上重生的台儿庄古城灯火摇曳的倒影，忽然想起那场弹痕至今仍在的大战，想起曾毁于那场大战的数百年运河盛景。

（2011年）

慢下来，发现风景

现代人的生活节奏越来越快了，以至于有人说，我们正为求速度付出代价，"丧失了慢的能力"。快进，速递，立等可取，凡事求"快捷方式"，吃药求即刻见效，造楼恨不得三天落成，规划建设也不耐徐徐转进、偏好"推倒重来"……似乎总有一种快而欲更快的焦虑如影随形。有同事去印度旅行，感慨那边的节奏与我们迥然不同，车行路上，不时有不可侵犯的"神牛"闲走挡道，本应着急猛摁喇叭的司机们却往往气定神闲，心态安然。

大家都急吼吼向前，埋头猛跑，甚至可能早忘了急的是什么，只剩下了"急"本身。这影响到的，是我们的言行举止、方方面面。与来自海峡对岸的学者友人交流时，这种感触会因为对比变得分外强烈。他们中许多人的温柔与儒雅、言行间透露出来的从容与和缓，都能让旁者想起，除了惶惶"在路上"的状态，我们还有些从古流传而来的闲适风致，至今尚存。所谓"闲适"，未必是说要全然抛开俗务，做个餐风饮露的"世外高人"，而是一种自我的修养，使沉溺于"在路上"者暂脱窠臼，念念初衷，观观风景，作一个从容些、深长些的"评估"。

这种反省，九百多年前，刚经历了"乌台诗案"谪居黄州的苏轼有过一回："自笑平生为口忙，老来事业转荒唐。长江绕郭知鱼美，好竹连山觉笋香。"一生为了官爵俸禄忙碌，如今谪居黄州，想起来那种永远"在路上"的奔波有几多荒唐，倒是这城边江里的肥鱼、满山竹林里的嫩笋，让苏轼觉出了几分生活的意趣。

在黄州的另一番经历里,苏轼把这种反省说得更明白。元丰六年,也就是他到黄州三年后的十月十二日,当夜苏轼本"解衣欲睡",却见"月色入户",于是心念起处,夜赴承天寺寻友人张怀民。两人一道散步中庭,见"庭下如积水空明,水中藻、荇交横,盖竹柏影也"。大晚上不睡觉,为着月色好,跑到友人张怀民居所拉其散步赏月光,已经适应了黄州生活的大文豪苏轼确实有着相当大的"闲心"。而这"闲心"也没让苏轼失望。夜游承天寺让他看到了平日里看不到的美丽景致。末了,苏轼自问也是问人:"何夜无月?何处无竹柏?但少闲人如吾两人者耳。"

一个"闲"字,让这个问题足以越千年,一直追问到我们眼前:夜月常有,竹柏也常见,但这样的竹影摇曳的风景,你发现了吗?大家都忙于奔波,似乎有个目标,但却不知道那个目标到底可不可靠,反而把身上有的那点风致、身边的景色统统弃置了。

从这点来说,苏轼倒与更早他数百年的王徽之颇有知音的可能。《世说新语》所载王徽之雪夜访戴的故事，今天看来，几近"任性"。为了排解半夜起来看见茫茫雪野生起的那股彷徨之意，念叨着西晋文士左思的《招隐》诗，就从绍兴通宵行舟赶到嵊州找隐居的戴逵。又因为天明失去了那股雪夜里烘托出来的心情，到了戴逵家门前却不进门，掉头返回。王徽之花了一夜的工夫，只是为了不辜负那点如灵光一般的彷徨情绪。这种"任性"，其实是闲情中生出来的对精神世界的关注。所以王徽之说："吾本乘兴而行，兴尽而返，何必见戴？"只是今人不知还能不能触发这么闲适的"兴"，"兴"起了又能不能有这样的勇气去"尽"。

夜半观景，无论是看月还是看雪，能发现出美来，正是因为此刻观者能摒弃一切外物，安静下来，扪心自问一下，"在路上"太久，最初所求、最初的自由心灵，还在不在？对此，半夜到荷塘边看月色的朱自清说的是："一个人在这苍茫的月下，什么都可以想，什么都可以不想，便觉是个自由的人。白天里一定要做的事，一定要说的话，现在都可不理。"散文《荷塘月色》，因这点闲情，已经名世八十多年了。

那点夜半观景的从容之心，今天又到哪里去了呢？有这点追念的心思，我们或许应该提醒自己，未来活得更耐心、细致，不草草忙于一时。

（2012年）

诗人江湖老

正是橘花飘香的时候，六十二岁的戴复古又要出门了。这是南宋理宗绍定二年（1229）的春天。乡邻们早已经见怪不怪了，这位白发苍苍的老先生，这辈子大部分时间都在外漂泊。他们不知道，这位已经大名鼎鼎的诗人，这回又要出门多久？上一回，他一出门，再回来时，已经过去了二十年。只在家里待了不到两年，他又打点行装，准备人生中的第三次漫游了。

漫游，几乎成了戴复古一生的主题。今天的我们知道，这最后一回漫游结束，戴老先生再回黄岩，又已是八年之后，年至古稀。算上第一次——而立之后的十年漫游，前七十年里，他竟有一半时间漂泊江湖。世间有说"人生七十古来稀"，或许古时高寿也未必那么稀见，但"资深"到七十岁还在路上，确乎是难得的。

其实，他最初想的，或许和古时的大多数读书人没什么区别。第一次漫游，他来到临安，欲求仕进施展抱负，却终于失望离开。戴复古所处的，正是金国内乱无力南侵，南宋朝廷偏又过惯了"直把杭州作汴州"、安于行在生活的时候。在南北僵持对峙的氛围里，他离开临安，北上淮河边境，试图从军入幕也无果，却亲见民生多艰，战乱残破。两相对照，他最终绝意于仕途，走上了他的父亲曾一生坚持的路。后来，他有《沁园春·一曲狂歌》一阕自述经历："一曲狂歌，有百馀言，说尽一生。费十年灯火，读书读史，四方奔走，求利求名。蹭蹬归来，闭门独坐，赢得穷吟诗句清。夫诗者，皆吾侪平日，愁叹之声。空馀豪气峥嵘。

安得良田二顷耕。向临邛涤器,可怜司马,成都卖卜,谁识君平。分则宜然,吾何敢怨,蝼蚁逍遥戴粒行。开怀抱,有青梅荐酒,绿树啼莺。"

戴复古的父亲东皋子戴敏,一生不求科举进身,只以诗为乐。戴复古尚不知事时,戴敏即病逝。戴敏临终前感叹,自己病已深重,独子却尚幼,一生所钟无人可传。等到戴复古长大,搜求父亲遗作,果然已仅剩残篇。戴复古笃意诗事,正是出于这种遗憾。

看起来,戴复古似乎只是文学史上又一个"诗穷而后工"的典型。但江湖,给了诗人比他人更广阔的艺术世界。醉心江湖,诗在脚下。比戴复古年轻三十多岁的后辈吴子良后来记述,戴复古近四十年的游历登览,东到吴浙,西到襄汉,北到淮,南到越,"凡乔岳巨浸,灵洞珍苑,空迥绝特之观,荒怪古僻之踪,可以拓诗之景、助诗之奇者,周遭何啻数千万里"。吴子良的意思是,戴复古一生所见,可以入诗、成诗的,想来已难以计数。确实,这位诗人一生南来北往,走东闯西,所见识的,远远超出了同时代的许多人。《台州府志》因此称这位名列《文苑传》的人物"游历既广，闻见益多，学益高深而奥密"。

笃意诗事，在比戴复古还早三十年的南宋参知政事楼钥看来，这几乎就是个自放于江湖的举动。他说，"近时文士多而诗人少"，因为文章可以"发身"求进，诗写得再好，也不过"屠龙之技"，所以，"苟非深得其趣，谁能好之？"江湖抵万书，诗人戴复古由此成就。少孤失学，戴复古自述"胸中无千百字书"，对写诗来说，恰如商贾缺少资本。江湖游历，却使他有诗情从胸中流出，笔下无古书而有真意。傍晚见夕阳在山肩西垂，他吟出"夕阳山外山"，并对之以"尘世梦中梦"，但又觉此语有为赋新词强说愁的意味，直到行经村野，见到雨后春水泛滥，才生出"春水渡旁渡"之句。

江湖是山水，更是人情。淮水畔，他见山河破碎，远望北地，写下《频酌淮河水》："有客游濠梁，频酌淮河水。东南水多咸，不如此水美。春风吹绿波，郁郁中原气。莫向北岸汲，中有英雄泪！"这股"郁郁中原气",使他卓然于晚宋诗人,以诗名扬东南半壁,成为江湖诗派的佼佼者。

七十尚在江湖路,戴复古从江湖来,在江湖老,以江湖名。

(2012年)

可惜了好大一片树

我国古时曾有敬字惜纸的传统。为什么敬惜,想来大致有两个理由。

一是深畏文字。《淮南子》里记载:"昔者仓颉作书而天雨粟,鬼夜哭。"《淮南子》这部书,神神怪怪的内容不少,但在仓颉造字的记载背后,说明至少到汉代,人们对于文字的意义已经有了清晰的认识。唐代张彦远在《历代名画记》里对此还有一番解释:"造化不能藏其秘,故天雨粟;灵怪不能遁其形,故鬼夜哭。"你看，文字竟能揭示造化的秘密，洞察无迹的灵怪，笔头落得好，甚至能"惊风雨"，下笔怎能不慎之又重之。曹丕在做魏太子的时候，写了篇《典论·论文》，讲文章是"经国之大业，不朽之盛事"，后来杜甫把这句话翻译成了一句诗，叫"文章千古事"。人身易朽，文章不灭，重视身后名的古人当然更加不敢懈怠：你要乱写不堪文章，一想到要被后人指指点点，当时就羞死了。

二是爱惜纸张。古时纸张加工不易，费时费力，好纸更难得，所以才有用废弃的公文纸印书的故事，而"洛阳纸贵"，也何尝不是因为纸张本就难得。爱惜纸张几乎成了一种本能，据说到元代才有了变化。

敬字惜纸，代表的是古人于文字慎重其事的态度。

不过现在，这两个理由似乎已被推翻。除了少数有些自矜的，大部分人都不怎么在意"千古"——至少不怎么有文章千古的抱负了——文章写得好坏，夸奖当场兑现就行，至于这夸奖经不经得起时间考验，夸奖的和被夸奖的似乎都不怎么"执着"；知道了鬼神都是虚妄，也就没人会再把文字当成一种近乎超自然的力量来膜拜。托了工业发展的福，大树一片片被伐倒送进工厂，纸笔变得唾手可得，自然也随手可弃。总之，时势造就一代人，终于可以摆脱字纸的束缚，激荡纵横起来。这当然有好处，人人都是李白杜甫的世界让人向往。坏处也不是没有，垃圾书遍地、大海捞针难找好文章。

说到底，无所畏惧偏偏又遇上充分供应，总会让人变得不那么懂得节制，文章这件事尤甚。

为文不再慎重，就容易向海市蜃楼看齐——堂皇而虚浮。时常见到房地产广告里扑面而来的浮夸字眼，算是为文时无所不用其极的一例。"奢侈""至尊""贵族领地"等看起来独一无二，实际上是滥了大街的且不说，"帝""皇""豪""郡"等字眼更是被穷尽排列组合而不息。更常见的，是越来越多拼命组了华丽词语、用了洋洋洒洒排比的文章，读时锦绣满眼，回想起来却不知所云。这种用来夸饰自家富足的"蜡"，经不起咀嚼剥蚀，就露出了寡淡的本质，甚至还有那么点朽味：皇帝被赶下龙椅一百多年了，再帝啊皇啊是给谁看的呢？

更可虑的是"文长公"纷纷涌现。不久前旁听一个交流会，一位网络文学作家坦陈，在网上写作时时速高达数千字，高峰期每天能更新万字以上，难免会文字累赘、情节拖沓，这些缺点在作品变成实体出版物后会变得极为刺眼，成为极大缺陷。看得出来，这位网络作家对于落在纸面上的文字还抱着基本的慎重态度。传统的文学写作，情形也未必谈得上多好。不少人似乎形成了一个奇怪的观念，两千字能说完的，不到四千字绝不打住。似乎文章不长，就无以显分量，仿佛就屈了自己的才，于是争先恐后晋级为"文长公"——只是这样就无法直视周敦颐先生了，《爱莲说》多好，唯一的缺点就是短，看来还是那时纸张紧张惹的祸。

不过，处在长不可遏的世界里，再回头读读卞之琳区区四行的《断章》，忽然有个奇怪的感慨：节制真是种美德啊——美德这种东西，你越缺的时候，越觉得它不可缺。

话说回来，行文到此，仿佛听到一个声音：又可惜了好大一片树。果然知易行难。

（2012年）

微服本是寻常事

被蒙蔽应该是人情所不喜欢的。因为被人蒙着眼，容易落进陷坑。这坑没准儿是天生的，也没准儿是人挖的；没准儿是有心的，也没准儿是无意的。落进陷坑的后果越严重，坑边人就越不愿被蒙着眼。毕竟，因此伤筋动骨可不好受，若是有性命之忧，就更不用说了。就连"善意的谎言"，人们也对之褒贬不一，说明人的秉性里，少不了一点对真相的执着。所以才有了古事里的"微服私访"。

这么看，"微服私访"应该是个好词、是桩好事。我原本对它也没什么意见，甚至觉得十分亲切。不过最近连续看几则新闻与后面的浏览者评论，其中用到这个词，总觉得有点似是而非，不免让我如鲠在喉。

细想起来，今天说"微服私访"的似是而非感，或许就和说谁"亲自"坐公交地铁、"亲自"上街一样。这其中的"鲠"，可能要从"微服私访"的"服"说起。

微服为何是微服，又为什么要微服？其实在这个词产生的情境中，"服"代表了社会等级。

《孔乙己》中"穿长衫的"和"短衣帮"，就是用衣着分出了不同的人群。不过这篇小说的背景，已经是旧社会等级正在被打破的时代，长衫、短衣的区别虽还留在人们心里，但穿混了也未必会造成多严重的后果，穿上了某种服饰，也未必就有了某种社会身份。孔乙己穿着长衫，掌柜的也未必就真把他归入长衫主顾里去。

而在《孔乙己》之前的时代里，服饰的花样、颜色甚至材料，有时候都可以和社会等级、阶层直接对应起来。儒家经典"三礼"之一的《周礼》，其中"春官·司服"部分，对天子、公侯至士大夫的冕服都有介绍，各级相对下一级都有独特的不可逾越的服饰。当然，它说的是秦代之前的祭祀礼服。

更典型的，当属帝制时代的官服。元末南戏《琵琶记》中有句话"满朝朱紫贵，尽是读书人"，就是说朝中贵人们衣红服紫。这种朱紫为贵的服色等级制度，早在唐代就已经基本成型。《旧唐书》中说，唐高宗上元元年（674）"敕文武官三品以上服紫，四品深绯，五品浅绯，六品深绿，七品浅绿，八品深青，九品浅青"。其余关于袍带材质等规定，不一而足。

可以说，两千多年中，中国的传统服饰区分等级、尊卑、贵贱的功能被发展到无以复加，许多正史中都要专开《舆服志》《车服志》加以记述。官员穿什么，平民穿什么，士农工商各穿什么……许多朝代都有明确规定。尤其是官员一出门，懂行的就能从其服色配饰中猜测出其身份品级。不换身行头，就达不到私访的目的。

有繁复详尽、标示等级的服色制度在先，才有"微服"的需要在后。经过20世纪的革命与改良，先辈终于打破了这种服色等级。穿绸还是穿棉，穿红还是穿紫，都尽由得每个人自由。埋入人海中，除了整天在大众媒体上抛头露脸的，谁又知谁是谁，也就无所谓私访不私访了。"微服私访"的前提被打破，这个词和它的意义似乎也该随之雨打风吹去了。

但从我看到的新闻表述看来，"微服私访"这个词的生命力依旧旺盛。比如有一天，某知名城市市长带着一二亲随作游客、察市情，恰好被市民认出来发到微博上。这本是好事，主政官员无论是公事暗访还是私人游览，不前呼后拥清街封道，可见其诚，但也未必不是本分；围观者随手拍一张照片，说明他关注时事，知道是谁在代他们打理这座城市，顺便放在微博上，也是网络时代的新潮风范。偏偏一家以职业观察著称的名博主在转发这条微博时，以正经的态度名之为"某某市长微服私访"，却让人不由得心中哑然。

只是哑然，不是批评。因为想起沈从文在一篇回忆文章中说，清末民初"保皇党"辜鸿铭曾拖着辫子讲演："你们不要笑我这条小小尾巴，我留下这并不重要，剪下它极容易。至于你们精神上那根辫子，据我看，想去掉可很不容易！"这根精神上的辫子，让"微服私访"在失去服饰"微"与"不微"这个前提后，依然保持了生命力。它让我们在面对一种分内行为时，并没有保持对寻常事的淡然，而变成了赞叹、崇拜，甚至有一些被赐予的快感。这显然不是谁的过错，而或许只是我们自己都没意识到的现实的一种。

失去了服饰这个载体，"微服私访"的前提只是摇身变成了另外的形式。平日开着豪车上班的，某一次蹬着自行车，到单位门口却遇上不得入其门的尴尬，是这种前提；走惯了绿色通道，有一天到普通窗口排队，发现民生多艰的，也是这种前提。证件的颜色，车牌的号码，走的门，进的楼，身边跟随的人……都像服饰的颜色、材料一般，在有意无意给人提供揣测身份与背景的线索。把这些线索都抹了，也就没有什么微服不微服、私访不私访了。

说不清是因为人们精神上的辫子造成了现实里的困境，还是现实里的困境造成了精神上的辫子。但执着"微服私访"的真相，似乎可以来自这样一种想象：没有深宅大院阻隔，没有卫护重重，没有隐蔽的事先"排演"，也不用一年两三遍的"突击"，就在日常生活中，有个陌生人擦肩而过，问问市井声音，尝尝街头饭菜。而回答的你，做菜的我，也不在意眼前的陌生人是谁，他不过是你的又一个听众，又一个食客。

难吗？难，我们努力了那么久。难吗？又不难，我们已经努力了那么久。当不寻常的事变成寻常事，"微服"也就从物质到精神都变成历史了。

（2013年）

人到桥头见匠心

七十岁时,黄春财终于回到了木拱桥头。1969年,福建造桥师傅黄春财随父亲造完几十里路外的唐宦桥后,面对无桥可造的局面,无奈与木拱桥营造业挥别。直到2005年,他被再度请出山,主持搬迁本地即将让位于水库建设的金造桥。

金造桥,始建于清代嘉庆年间,20世纪40年代末曾因火灾重建。黄春财作为"主绳"将其重建后,重拾老手艺。"主绳"又称"主墨",出自木工"绳墨"之说。传统的木拱桥营造，不使用钉铆，而是由木杆构件纵横相贯、榫卯相合。"主绳"负责设计、测算与指挥，掌握着造桥的核心技术。在传统的教授中，师傅不会轻易将这些核心的技术、数据传给徒弟。所谓"易学难精""造桥容易造精难"，许多工匠可能一生参与造桥无数，也只能作为"帮场"师傅，无法担纲"主绳"，在桥梁上留名。

长拱廊桥常建在峡谷地带，按跨度分为无墩单孔、一墩二孔甚至多墩多孔，跨度越大，难度也越大。廊桥施工是高空作业，建成后又是行人往来穿行之所，其承载能力与稳定性的设计、施工过程中的难度与安全保障都极考验"主绳"的能力。留名于桥梁，既是显声扬名的荣誉，更是一种无声的约束。

黄春财营建木拱廊桥的手艺传自父亲黄象颜。黄氏家族，自黄春财的祖父黄金书起，就是福建屏南有名的造桥世家。屏南，是我国东南典型的山区县之一，境内山多壑深。历代工匠因其地理与资源特点，就地取石为基，以木搭桥。木拱廊桥成为当地交通不可或缺的部分。

因此，我国现存的木拱廊桥，多在包括屏南在内的闽浙山区。但20世纪五六十年代，随着科技、公路建设的进步以及木材的减少，木拱廊桥大量为石拱桥、钢筋混凝土桥所取代，与它的工匠们一起逐渐淡出人们的视野。

对黄春财来说，这无疑是理想的破灭。他十五岁就跟着父亲学造桥手艺，背着工具跋山涉水。或许是父子相传能迅速学到最重要的技术，本人又能吃苦愿琢磨，黄春财迅速成长起来。1954年，始建于宋代的万安桥（我国现存最长木拱桥）需要重修，十八岁的黄春财与父亲合作成为"主绳"。两年后，他单独主绳上墘桥，成为当地最年轻的造桥"主绳"。这一年，他还进入县里的建筑社学习建筑绘图，成了少数能绘制设计图纸的木拱廊桥工匠。那时候，他甚至想着成为一代名匠。可少年时的雄心壮志不得不止步于1969年。那年之后，他只能拾起其他的木匠手艺，建屋、打家具，甚至其他行当，"只是每当走过廊桥，特别是自己造的廊桥时，那种情感没法表述，一想到成为一代造桥名师的理想不能实现，就心如刀割"。直到

2005年，他走到金造桥桥头。

就在这段时间里，木拱桥因为特殊的营造技艺与文化价值，逐渐为人们重新重视。2006年，万安桥被列入全国重点文物保护单位；2008年，"木拱桥传统营造技艺"被列入国家级"非遗"名录，2009年被联合国教科文组织列入《急需保护的非物质文化遗产名录》；2013年年初，黄春财入选为这一"非遗"项目的国家级代表性传承人。隐没乡间几十年，黄春财说，"做梦也没有想到"一身造桥技艺又有了用武之地。从金造桥开始，短短几年间，他又陆续"主绳"六十六米长、二墩三孔的双龙桥等木拱廊桥数座。和当年造桥多考虑交通与风水不同的是，如今最被重视的是它们的文化价值和审美价值了。

满头白发的黄春财，重新找回失落的理想。而从这位古稀老人聊起木拱桥时旺盛的精力与热情里，分明能看到风风雨雨中木拱廊桥的意志。

（2013年）

广厦若不庇寒士

广厦庇何人？一千二百多年前，大诗人杜甫曾经给出他的答案——如果算不上答案，至少，是愿望。

唐肃宗上元二年（761）的八月里，一个秋夜，杜甫在屋里淋了雨，因为屋顶上的茅草被大风吹跑了。然后，就淋出了那首千古流传的《茅屋为秋风所破歌》。后人怜这位大诗人此时"床头屋漏无干处，雨脚如麻未断绝。自经丧乱少睡眠，长夜沾湿何由彻"的贫苦生活，更感慨敬佩他在诗作最后一节生出的天下之思：

"安得广厦千万间，大庇天下寒士俱欢颜，风雨不动安如山。"

这一年，在历史上，离安史之乱平息还有一两年。再早两年，杜甫弃了官，带着家人，"漂泊西南"，直到在成都浣花溪边搭起这座茅屋，才一时安顿下来。而这天晚上，屋漏，又逢夜雨，年近五十却早饱经乱离与生活困苦，本睡眠极浅的诗人更是彻夜难眠。以我这样的读者想来，对于如此的生活窘况，他应该也难免觉得心酸，但写成诗，表达的则是"何时见此屋"的强烈的苍生之念。那种迫切到甚至不惜赌咒发誓"呜呼！何时眼前突兀见此屋，吾庐独破受冻死亦足"的情态，更让人见识了这位诗人之所以被视为忧国忧民的典范的原因，名声不虚，可爱可敬。

关于杜甫为什么弃官，《旧唐书》有记载，后人也有猜测。但原因无论是逃荒，还是对纷乱政局的失望，其实都不是什么太重要的问题了。总之，到这时节，他已经是个无官在身又承载生活负累的"寒士"了。按传统的说法，在古代，做官的读书人，被称为"士大夫";而只读书不当官的,就仅是"士"了。至于"寒士",正如此时景况里的杜甫——"南村群童欺我老无力,忍能对面为盗贼。公然抱茅入竹去,唇焦口燥呼不得,归来倚杖自叹息。"一边是渐老而将衰未衰、面对生活分外无力的诗人,一边是调皮爱搞恶作剧或是同样面对生活艰难而"作恶"的邻村群童——这样一番千年前乱世漂泊里的凡俗场景,凄凉和无奈兼而有之。

所以,杜甫此时发出的"寒士"之叹,那关于"安得广厦千万间"的愿望,与其说是一个读书人的愿望,不如说是一个普通老百姓的愿望:什么时候,大家都能住进狂风骤雨来临也能安如山的房子,过上温饱的日子,小童也不用欺凌老弱抢抱茅草,自家也不用担心被风掀掉屋顶而漏雨受冻,那就好了啊。就算我过不上这样的日子,只要天下人都过上了,也是好的啊。

抛开杜甫千古大诗人的身份,广厦庇寒士,其实是一个古代普通百姓的愿望;换个层面说,"何时眼前突兀见此屋,吾庐独破受冻死亦足",也是许多在中古时代长期被视为社会中坚的读书人的逻辑。这样的逻辑,二百多年后,范仲淹用了另一句话来表达——"先天下之忧而忧,后天下之乐而乐。"先忧、后乐,这样的情怀,当然只是种道德号召。号召,不那么贴切地说,其实只对尚德的君子有点用。认同它的,自去践行,不认同它的,也没法强摁牛头饮水。历史上,并不缺乏这样情怀的杰出人物,但显然比例不太高。否则,就没有那么多朝代更迭,"小康""大同"也早不在话下了。

但这样的情怀终归代表了一种能够穿透历史而千百年不褪色的精神境界。《岳阳楼记》之所以被久久传诵,当然不是因为它歌颂的"越明年,政通人和,百废具兴",而恰恰是因为这番忧乐之说。《岳阳楼记》的流传,说明人心毕竟有共识,虽千百年不废。如此,取法乎上得其中,即使做不到先忧后乐,能够与天下人同忧同乐,也仍不失为一种赤子心怀。

最怕的是,同样的话反过来说,"先天下之乐而乐,后天下之忧仍不忧"。与先忧后乐作为道德号召相对,这样的"情怀",就难免要受到道德的谴责了。对自顾自过日子的人来说，谴责也就谴责了，除了在一个风俗尚佳的社会里必然会生出的几分羞赧惭愧，也不碍什么大事。但对影响着更多过日子的"士大夫"来说，这种谴责，就不能仅仅落在道德层面上了。所以，有这样的现象反复出现：一些地方的超豪华的党政机关大楼被各地网友拍照上传，一次又一次地成为舆论焦点；地方尚未发展，一些领导干部的办公楼先宽敞豪华起来，这样的老话题，被再三翻出抨击……人们之所以对此"念念不忘"，反复敲打，不过是不忿于那种"先天下之乐而乐"的荒诞场景：广厦若已"突兀见"，怎不庇寒士？

若说今人比不上古人，那是枉纵了今人，也捧杀了古人。几千年来，关于"广厦庇何人"的答案，其实一直回荡在人们心里，只请诸君倾耳听。这"广厦"，说的是房子，当然，也不仅仅只是房子。

（2013 年）

子午山下写诗人

惯知古诗好,倒不是趋风媚俗的客套话。几千年来无数人心心念念而成的作品,经过时光的淘洗,能留下来的,无论名气大小,多数必有可取之处。而且,人们阅读的经历,也能确证这样的观念。有多少人不曾被某首诗击中呢?反复吟诵,细细品味,神思向往……

不过也常常只是到此为止了。好诗就像满天星,眼前有太多璀璨的星,偶尔有一颗特别吸引了视线,就盯住了反复欣赏。至于那光线之后的星体，依然是遥远的存在。凭兴趣而生的阅读，通常都是集锦式的，哪怕是唐宋几百年精华集成的选集，满目琳琅，每首诗之间，其实都还是孤立的存在。有时候对写出哪首好诗的作者感兴趣了，有心找到完整的诗集读起来，好像只剩下贪多的涩味；找来诗人的传记读，又常见书中满是诗人的生平考证绍介，和想读诗的初衷，似乎又远了。

这番感慨，其实早有，但在读完戴明贤的《子午山孩》（人民文学出版社出版）之后，却更加强烈：原来这样的困惑，并不是只有自己有。在读诗又讲诗的前辈那里，其实更加强烈。这部讲述清代贵州诗人郑珍"人与诗"的作品，算是作者多年找寻"一种惬心的叙述方式"的成果。他怕传记把传主架空成一座雕像，矗在那里任人介绍评说，也怕诗选里的一首首诗各自独立，把诗人的一生割裂——这样"隔了一层"的恐惧，真让人心有戚戚。

古诗浩如烟海，清诗数量尤多，在此之前，我对郑珍所知甚少。读完《子午山孩》，竟生出强烈的亲切感与敬佩来。书的正文从郑珍手订诗集开卷第一首解读。这时候，郑珍已经二十一岁了。但你并不会觉得书里他的人生会有所空缺，就像戴明贤开篇所讲，"能够安安静静坐着，从早到晚读书，这是子尹（郑珍的字）最惬意的生活方式"。以年为序，一年成一篇，一首一首读来，戴明贤显然不是在译，而是真正在解。郑珍的人生在对一首首诗歌的解读里重新充盈起来。这解，更像一篇篇知交好友怀念故人的散文，只不过，这个知交好友只在诗里相遇。

"母亲和书，再加上挚友，构成郑子尹的精神家园"，而诗，成了后人走入他精神家园的路径。让人感慨之处也在于，通过诗歌了解郑珍，即使只是作者"一个人读出来的郑珍其人"，我们仍能感受到，这是怎样一个写诗者啊！他真的把写诗作为一种生活方式，把自己的经历、情感都写进了诗里。诗，并不是他求名求利的工具，而是这个一生坎坷、笃意山居而常不能的诗人人生的一部分。

能把这样的诗歌人生用一种诗而文的"惬心"方式感知与解读出来，对写此书的人来说，对读此书的人来说也是一种满足吧？至少，于我而言，是再也忘不了这位子午山下的写诗人，忘不了他写在坎坷人生之初的"一双白蝴蝶，随我下翠微"。

（2014年）

著名何其多

某日去旁听一个专业内的研讨会,开头照例是主持人介绍到会的领导和嘉宾。于是便从头到尾听到了一连串的"著名":几乎每个被列入会议名单的人,都被冠上了"著名什么家"的头衔。大家似乎也见怪不怪了,只是从掌声的疏和密里还大致能分辨出来,谁"非常著名",谁"比较著名",谁"有点著名",谁"不那么著名"……

其实也很容易理解组织者的心态:一是客气,秉着"礼多人不怪"的原则,批发高帽;二是给自己贴金,既然来者都是"著名",自己的活动想不"著名"都难。还可以猜测被冠高帽的与会者的心态:有理直气壮坦然受之的,有半是羞赧半却之不恭的,当然,或许也有被蒙在鼓里被架上高台而愕然无语的。至于听众的心态,有一种比较有意思:听着满耳的"著名"人物,却基本是陌生名字,不由自主要怀疑自己太孤陋寡闻。

不过十之八九倒未必是听众孤陋寡闻了,而是"著名"和"家"甚至"大师"的称号一样,在某些场合,已经提前进入了极度"丰裕"的状态。在一些活动中,满座"著名"却未曾闻名,也不是什么新鲜事。几方各有考虑,华而不实滥用"著名",反而成了心照不宣的"默契"。

其实,"著名"既然为"名",自然还是要遵从名声的规律。名声,多是口碑,并没有温度计那样的标尺,超过多少度是"著名",不到多少度是"非著名",但它自在人心中——冠上再多的"著名",不著名的,依然不著名;而真正著名的,不冠"著名",照样如雷贯耳。大多数人对此也心知肚明，不时用掌声的强弱长短来表明态度。

数不胜数的"著名"，以及无端滥用的"大师"之类，只是口头版的皇帝新装。而它不过是社会虚浮心态的一种。形容词花哨，容易迷人眼。这样的虚浮，或许并无大害，但踏实的风气，却正是从这样的小处，隐隐露出溃散的危机，也可以从小处着手，被重建起来。所以，不妨先把"著名"从名单上拿下来，还给人心与口碑吧。

（2014年）

记住乡愁不意味着抗拒城市

编报纸副刊，常能读到的来稿是怀念乡土的散文与随笔。春夏秋冬风花雪月，甚至随着节气农时，都有相应的累累篇章，既绵绵不绝，又循环往复。这些作品里，写得最多的是"逝去的美好"，山好水好人情好。尤其是离开乡土偶尔才会归乡者，笔下总免不了流露城不如乡的情感。

这或许可以算是广义的"乡愁"，乡村人怀念过去的乡村，离乡人怀念现在的乡村。但又不免是过于笼统的"乡愁"。天南海北无法计数的写作者，笔下那么多乡土的美好，读来读去，无论面目还是情感，似乎都显示不出它的天南海北、各人各性来。

散文随笔，常被看作是写作者心灵最真实最直接的坦露。但这样的"乡愁"，却逃不开被想象美化的成分。真的诉说起来，无论是记忆里的乡村，还是现实里的乡村，并不总是令人怀念的。有人用这样的问题追问过："你愿意长居乡村吗？"答案未必是肯定的。被这雷同的"乡愁"拒斥的，还有一个更广大、对时代影响更深刻的现实：蓬勃裂变中的城市，风起云涌的城镇化。

显然，并不能对乡愁笼统视之。乡愁并不是被美化的想象"勾引"出来的，而是与现实相互激发出来的。"离开了它，你会想念"，这才是乡愁。而想念并不是不加辨析的，会想念、所想念的，当然是那些值得想念的好。这些好固然有共通的标准，但在不同人的生活经历里，应该会呈现出不同的面貌。就像热播的纪录片《记住乡愁》里，每个村落都有它自己不可替代的故事,每个村落都有它自己的文化特色和精神内核。千村,并不一面。

记住这样的乡愁,并不意味着抗拒城市、回避城镇化的时代潮涌,更不意味着绕开对这些时代内容的书写。相反,它是对时代潮涌的善意提醒,对应该跟进与更新书写方式的着重提示。

时代的乡愁,应该是层次丰富、面貌生动的,应该是与城镇生活场景相互烘托、相互促进的。

(2015年)

隔代相知

"前不见古人,后不见来者。念天地之悠悠,独怆然而涕下。"陈子昂登上幽州台,四顾茫茫,感受到的是一种广阔时空中的孤独感。但恰恰是这种孤独感,让他在以后的漫长岁月里不再孤独,让这首诗拥有无数拥趸。诗人的目光,贯穿时间这条长线,悲怆于既见不到"古人",也见不到"来者"。诗却因这种"空前绝后",吸引着源源不尽的来者。

好诗词,如简洁却充满无穷张力的精神结晶,是最能与时间之盾抗衡的矛。远远投来，刺穿光阴，点到读者心头，即使是千百年之后，也让人不免悸动。惺惺相惜、心有戚戚或许言重了，但那种"原来你也在这里"的感觉大体还是有的。就像读《登幽州台歌》，想象的翅膀总止不住往那时间深处的原野上飞去，落在高台上诗人的身旁，看看前方，回顾后方，与诗人一道叹息一声。

有的时候，好诗词的妙处之一，就是让人觉得：要说的，多少年前诗里早已说过，怎样说，那前辈诗人也已经找到了最妥帖的方式。"崔颢题诗在上头"，唯有加上引号郑重袭用，才是正途。

比如，形容少不更事又偏偏心事满满时，最容易想起的，是辛弃疾的"少年不识愁滋味""为赋新词强说愁"。写这首词时，辛弃疾正因被弹劾而去职，多数时间在位于带湖的庄园"稼轩"闲居。经历世事的起伏变迁，对这个北方义军出身的南归客来说，壮志难酬的痛苦不免日深。全词三个"愁"字，概括了他人生的两个阶段。判断识愁与否，离不开时间的积淀、命运遭逢带来的认识变化，还有因缘际会的感物伤情。用句今日的俗话，这叫"只有经历了才会懂"。

这里的懂与不懂，也无所谓好与坏。"少年不识愁滋味"，或许正是因为今日人们念叨的"少年壮志不言愁"；"而今识尽愁滋味"，最不能忘却的，依然是"忆往昔峥嵘岁月稠"。就像如今中年人偶尔翻检到自己少年时的作文簿，读下来最易生出"为赋新词强说愁"的感叹，除了自嘲，还有追怀；年长之后，世事洞明，又不愿轻易摧折自己的信念，最能体会"却道天凉好个秋"的顾左右而言他的不尽之意。

不得不说，这位词人在八百多年前，就写下了后来一辈辈人心中可能有的曲折。后来人吟之诵之，即使穿越到那时候，与辛弃疾对坐唔谈，也肯定能找到一些共同语言。

这样的隔代相知，并不鲜见。许多绵延流传、脍炙人口的诗词名作，除了语言上恰如其分的精妙，更重要的是它们能在精神层面与后来人产生共鸣。这样的共鸣，不能说是时时处处的，却总有被激发的时刻与场景。像李白的《静夜思》，短短二十字，幼年识记时或许只是爱它的音韵朗朗上口，但对长大后求学、工作于异乡甚至远渡重洋的人来说，却是字字千钧印在心头。安土重迁与漂泊他乡的矛盾从古至今不曾息，而今尤其明显，《静夜思》的隔代知音，只会越来越多吧。

恍然又想起"天若有情天亦老"的千年旅行。它出生在唐代李贺的《金铜仙人辞汉歌》中："衰兰送客咸阳道，天若有情天亦老。"曾落在宋代的诗联中："天若有情天亦老，月如无恨月常圆。"也曾落在欧阳修的词里："伤怀离抱，天若有情天亦老。此意如何，细似轻丝渺似波。"也曾落在元好问的《蝶恋花》词中……直到20世纪，它还落在"天若有情天亦老，人间正道是沧桑"里。有人因此称它为文学史中文气最强的七字句，谁又能说，这不是一代代知音不绝的印证呢？

（2015年）

刻下今天，抗拒遗忘

在周、月、年这些时间周期的第一天里，大部分人意识强烈的，应该是每周的第一天、每年的第一天。一周是因为太短，记得太牢，还意犹未尽，就又开始了新周期；一年是因为太长，几乎要忘记，却好像猝不及防，又开始了另一年。每月的第一天呢？在周与年、短与长的缝隙里，似乎并不那么引人注意。而另外更长的时间周期，我们的六十甲子，西历的百年世纪，对大部分人来说，都是一生只有一回的特例，也就更不能以平常论之了。

以平常论之,一年的第一天,正是我们为自己立下的最醒目的时间界标,以提醒自己不要忘记的第一天。其实哪一天都可以是这一天,但我们经过数千年历法的更迭,经过无数偶然与必然因素的交织,最终确定,这一天是一年的第一天。它和我们头顶上太阳的运行有关,也不完全只是由太阳这样客观运行的存在决定的。

是我们自己选择了这一天。经过与时间漫长的磨合,在三百多个日日夜夜里,我们最终选择了这平常的一天,赋予它起点的位置,让它变成特殊的那一天——每隔三百多个日夜,我们才能再次迎来它。这一天,是我们人为制造,为自己许下的"稀少"。或许是因为,我们太懂得自己的遗忘规律,唯有"稀少",才能无比鲜明地记得,才能勉力对抗遗忘。

说到底,是我们害怕遗忘,是我们不想忘记。

我们知道自己是容易忘记的。有心人能坚持写日记,日日记录,到时回头还能翻出来,某一年某一天,字字句句都在纸上,能唤起记忆。也有人记忆超群,过了多少年,还能细数某时某地某事,让人惊叹。但大部分的我们呢?我曾记过一阵日记,从开始的日日记,到后来的隔日记,再到后来的不知隔多少日记,终于有一天把日记本尘封在写字台的某个抽屉角落里了。我也曾与好友仔细回想,在何时何地哪一个场合第一次遇见,却相顾茫然。

这样的无从查考,这样的相顾茫然,并不算得上如何特殊。

生活的大部分形态,总是碎片化的。一时在东,一时在西,纷繁复杂,并不是那么容易记住的。我们记住了海潮翻腾,侧耳又听见大江大河奔涌怒吼;记住了大江大河的浪高声洪,耳边又传来远处的人声鼎沸……热点似乎一个接着一个,连时尚流行都以百倍的速度此起彼伏,每个似乎都在沸点上翻滚。可新的记忆总是一页页压过旧的记忆,遗忘总在这样不知不觉的侧耳、挪移间发生。

而更多时候,生活的形态又是屡屡重复的。连古人都说,"年年岁岁花相似",相似的花,相似的叶,总是最不容易区分的。我们记忆里，只留下似曾相识的影子。提过的话题要再提，理过的逻辑要再理，连听过的故事，也总能在天南海北间再听到相似的讲述。"仙桂年年折又生"，如果枝头还是避着风头的方向，连挂着的果子上的疤痕都一般，谁又能分清是哪一年、哪一月种下的树呢？

若说世上事尽是重复，无疑太消极了。若说太阳每天都是新的，又高估了普通人心里的饱满度。我们在光与影里穿行，日久年深。有这样一个日子，我们停下来，做一个特别的标记，把它从漫长的旅途里区别出来，想想过去，看看前程，也是对自己的一种关怀。在意义被怀疑、被消解的时候，有这样庄重的一刻，反观静照，在一片喧腾或琐碎里执着地找到那份属于自己的历史感，也是一种觉醒。

2016年的第一天，是我们为自己这一年刻画的起点，希望它能见证所有人拒绝遗忘的努力。

（2016年）

抒情有度

原来有种印象，小说长于叙述，散文则长于抒情。抒情被视作散文的看家本领。

也不必争论这种说法精准与否，至少可以说，抒情发挥了散文这种文体的优势。因为相比其他文体，一般认为，散文与作者的对应关系是更紧密的。尽管随着文学创作的理论与实践的发展变化，散文的非虚构与虚构问题边界一直在游移，但 20 世纪以来，数量可观的经典散文是被视为作家"心声"的。抒情在其中占有重要的地位，这是创作实践给予的认可。

散文利于抒情，易于抒情，是优势，但优势倘若不善用，也可能变成劣势。

散文的抒情也怕过度。抒情的过度，表现之一是为抒情而抒情。抒发情感，一般而言，总有一个"发"的来源，也有一种"抒"的脉络。无论是人物、事件、风物，总要与作者的感情产生交会，才算有本之木，恰如其分。倘若对此无情无感，勉强"抒发"，即使篇幅很长、用词锦绣，也挡不住被读者看出来是物与情两张皮，是写作者在放无线的风筝而已。为抒情而抒情，不过是假抒情，最容易用上已经被别的作家用滥了的陈词，难以做到贴心、精准的表达，读者也就读不出感人的滋味。

抒情的过度，还有一种表现，是有情即抒。在抒情与写作之间，一般而言，总要有道闸门，控制方位、流速，以防情感泥沙俱下，变成粗浅、粗暴的"意识流"。倘若失了这道斟酌、筛选的工序，所谓的"写作"也就不过是写字而已，不能视为创作了。情感虽然是跳跃的，文章却不能一味随情纵跃，既没有显性的结构串联，也没有隐性的脉络连接。

汪曾祺先生说："过度抒情，不知节制，容易流于伤感主义。我觉得伤感主义是散文（也是一切文学）的大敌。"散文善于抒情，却对作者的"心灵"提出了更高的要求。情感的成熟度，逻辑的成熟度，都很容易暴露在读者的眼前。这种情况下，是否能妥帖地用好抒情，抒情有度，抒情有方，对散文作家而言，其实是种考验和筛选。

（2016年）

记取赤子心曲

今年适逢鲁迅先生诞辰一百三十五周年,逝世八十周年。与"鲁迅"这个名字联系在一起,我们才能强烈地感受到,五十五年这一段并不算很长的生命时光里,能爆发出多么丰沛的创作能量;才能清晰地意识到,百年的光阴里,能够在一个人生前身后聚拢多少纷繁复杂的解读。

至少到今天,鲁迅先生依然是说不尽的"鲁迅"。近来比较受关注的作品中,有剧作家用意识流的方式去探索"大先生"的精神世界,有学者静静地去梳理鲁迅的"暗功夫"……无论如何,鲁迅先生依旧。他不在教科书篇目存废的争论里,不在纪念馆门庭的凉热中,不在难以靠近、不敢触摸的神坛上,也不在动机可疑的流言蜚语里,而在那总量可观、耐得住百般回味的作品里,在那些与20世纪上半叶的中国历史、与中国走向现代的进程紧密联系的文字里。

历史总是延续的,而中国自20世纪以来现代化的进程从未停歇。所以,在时间上,我们离鲁迅先生远了,但在心灵上,我们或许更加靠近,相比从前,能更平静地去体会他作品里的好、体会他作品里的真,更深刻地感受一颗赤子心多么可贵。

一

我们今天纪念的是一位用丰富而有分量的作品说话的作家。

1918年5月,"鲁迅"与《狂人日记》一道在《新青年》杂志上面世。这是清朝覆灭后的第六年,"反对文言,提倡白话,反对旧文学,提倡新文学"的文学革命提出的第二年,文学革命本身的主张尚在探索之中,新文学正处于准备与萌芽阶段,这时出现《狂人日记》这样一篇从语言到内容、到形式都堪称现代的小说,就好比青铜冶炼技术尚在探索,就有人直接铸出了一件可以传世的重器。

从1923年《呐喊》集出版,到1926年《彷徨》集出版,《孔乙己》《阿Q正传》《伤逝》《祝福》等被读者反复传诵揣摩的名篇在这几年中陆续出现。1936年出版的《故事新编》集,则又是另一番探索风格。所以,后来的研究者说,"中国现代小说在鲁迅手中开始,又在鲁迅手中成熟"。

不仅仅是小说。"旧事重提"的《朝花夕拾》、"独语"的《野草》,哪一部不是散文的一种新体式,哪一部没有读者为之痴迷?更不用提他几乎一手锻造山的"杂文"这种文体,并把它带上了高峰。作为一个作家,他一生创造了太多"第一",我们不能仅仅看重"拓荒"的功劳,而更该用心体会一位作家对于创作的自我要求。

二

我们今天纪念的是一位用敏锐的艺术感受力与审慎的判断说话的学者。

这可能是大众不太熟悉的鲁迅。他的《中国小说史略》,是如今做中国古代小说研究不可绕过的存在。同时代的胡适说:"在小说的史料方面,我自己也颇有一点点贡献。但最大的成绩自然是鲁迅先生的《中国小说史略》;这是一部开山的创作,搜集甚勤,取材甚精,断制也甚谨严。可以替我们研究文学史的人节省无数精力。"

古代小说千头万绪,偏偏"中国之小说自来无史;有之,则先见于外国人所作之中国文学史中,而后中国人所作者中亦有之,然其量皆不及全书之什一,故于小说仍不详"。在这样的荒林中,要考辨出从上古先民的神话传说到晚清小说的源流，又要于有限的篇幅里作出精当的品评取舍，胡适所说的"取材甚精"，不正是鲁迅敏锐的艺术感受力使然？

这样的敏锐，同样不仅仅是在小说领域，他对于版画这一艺术形式的介绍、倡导与扶持，更直接影响了中国现代木刻版画的产生与勃兴，使版画成为与 20 世纪中国的时代风云偕行、具有中国风格的艺术形式。举办讲习会、展览，编印画集，提供学习资料……他试图把当时世界美术界最贴近社会大众的优秀艺术家、艺术作品介绍给他寄予厚望的木刻青年们。而新生的木刻版画艺术，也如他所期待的，在旧中国的土壤中长出健壮的新的芽叶枝干来，迅速蓬勃起来。

但他并不滥用这种敏锐。相反，在学术上，他有意识地审慎，甚至因为"自省太易流于感情之论"而"力避"论断。同样是这个冷静的学者鲁迅，很早就提出，撰写文学史要"先从作长编入手"。所以我们今天能看到与《中国小说史略》"配套"的，是一系列需要有坐冷板凳功夫的资料辑佚与古籍校订成果：隋以前的古小说资料集《古小说钩沉》，唐宋时期的《唐宋传奇集》，宋元以后的《小说旧闻钞》……尽管出于特别的考虑，他曾劝当时的青年们不要看古书，但他对中国传统遗存的整理，却一直在以这样沉默而严谨的态度进行着。

三

我们今天纪念的，更是一个一生都在思想着的中国人，一颗永不被包裹的赤子心。

太熟悉这句话了："横眉冷对千夫指，俯首甘为孺子牛。"不过，熟悉不代表真的品尽了他"甘为孺子牛"的心曲。这里，就不能不想到他常被光芒四射的创作成就遮掩了的翻译工作。在他一生的成果中，翻译其实可以占到一半的篇幅，也花去了他多半的精力。据统计，他一生译有"15个国家77名作家225部（篇）"作品。为什么要以如此大的精力，俯首投身于翻译事业？或许和他整理校订古籍一样，有着沉默而顽强的理由。正如1934年他说："采用外国的良规，加以发挥，使我们的作品更加丰满是一条路；择取中国的遗产，融合新机，使将来的作品别开生面也是一条路。"

而在《拿来主义》一文中，他的心怀袒露得更加诚恳，也更加迫切——"我们要运用脑髓，放出眼光，自己来拿""我们要或使用，或存放，或毁灭。那么，主人是新主人，宅子也就会成为新宅子。然而首先要这人沉着，勇猛，有辨别，不自私。没有拿来的，人不能自成为新人，没有拿来的，文艺不能自成为新文艺"。支撑着他倾力进行翻译的，正是这样"不自私"的"拿来"的热忱。期待着同胞能够吸取这个世界的积极的给养，成为"新主人"；期待着这个古老沉重的国度成为"新宅子"；期待着他所致力的事业真正成为"新文艺"。

为了这样的期待，他愿意"沉着，勇猛，有辨别，不自私"。这里，我们更不能不谈到他后半生尤其注重的杂文。这种几乎与他合为一体的文体，给他带来了无数毁誉。这一点即使在他生前，也是清晰的，甚至很多时候，他也有意识地将这种文体与"文学""创作"保持距离，用"短评""杂感"多过"杂文"。但他偏偏一生不悔于此。这样的文体正合乎他的心意，让他能够全身心地与时代、与这个古国、与这个古国的国民展开对话，以恳切的社会批评、文化批评竭尽其诚。

在《华盖集》的《题记》里，他说："也有人劝我不要做这样的短评。那好意，我是很感激的，而且也并非不知道创作之可贵。然而要做这样的东西的时候，恐怕也还要做这样的东西，我以为如果艺术之宫里有这么麻烦的禁令，倒不如不进去；还是站在沙漠上，看看飞沙走石，乐则大笑，悲则大叫，愤则大骂，即使被沙砾打得遍身粗糙，头破血流，而时时抚摩自己的凝血，觉得若有花纹，也未必不及跟着中国的文士们去陪莎士比亚吃黄油面包之有趣。"那正是他觉得"要做这样的东西的时候"，他绝不回避，而是站在20世纪上半叶的中国,那飞沙走石的沙漠上,不避头破血流,"乐则大笑,悲则大叫,愤则大骂"。这样赤诚的灵魂,何其珍贵。多年以后,诗人艾青说出"为什么我的眼里常含泪水?因为我对这土地爱得深沉",鲁迅对这片土地的爱,不就是这样?只不过他一向不以泪水来表现罢了。

在许多作品里,他确实留下一个战士的形象,但我们却不能仅仅只看到这样一个形象。从他的创作里,我们看到的是怎样一个灵魂呢?小说里有,散文里有,杂文里更有:他冷静剖析,无情嘲讽,但并不是冷酷地旁观,而是深蕴着同情。他甚至同样以自己为对象。文章里战斗的锋芒越盛,何尝不是心里对更好的世界期待越深。"鲁迅站在路旁边,老实不客气的剥脱我们男男女女,同时他也老实不客气的剥脱自己。他不是一个站在云端的'超人',嘴角上挂着庄严的冷笑,来指斥世人的愚笨卑劣的;他不是这种样的'圣哲'!他是实实地生根在我们这愚笨卑劣的人间世,忍住了悲悯的热泪,用冷讽的微笑,一遍一遍不惮烦地向我们解释人类是如何脆弱，世事是多么矛盾！他决不忘记自己也有着这本性上的脆弱和潜伏的矛盾。"1927年，尚未与鲁迅谋面的茅盾已经在鲁迅的作品里看到这样的赤诚。也只有理解这来不及包裹的赤子心，我们才能理解，1935年初出茅庐的青年学者李长之为什么说，"恐怕不仅是我，凡是养育于五四以来新文化教育中的青年，大都如此的吧。——我们受到鲁迅的惠赐实在太多了"。

有人说，多读一本鲁迅的书，就对鲁迅多一重认识、多一份敬佩。走近鲁迅，重读鲁迅，读的是中国新文艺运动之初的精华，更读的是那种身在时代进程中不做无所谓的旁观者的责任感。认识鲁迅，敬佩鲁迅，敬佩的是他一生光辉的艺术成就和一生沉默而坚定的校订、译介之功，更该敬佩的，是他对这个国家、对这个民族、对同胞、对自己不保留的赤诚，不犹豫的"剥脱"。

而我们今天之纪念鲁迅，是纪念这位伟大的前贤给我们留下的丰厚精神财富，也是要纪念几十年来，我们在认识他、理解他的过程中积淀下来的精神收获。

（2016 年）

童心未泯，童心且驻

人有百样，而且哪怕是同一个人身上，也往往存在着复杂的色彩。即使是孩子，也不例外。我们看到抱着死去的宠物小金鱼痛哭流涕的孩子，会心生怜惜；看到蛮不讲理、顽劣难当的"熊孩子"，也会心生无奈。生命的各种颜色，落在群体之上，每个人都会分到一些，应该没有哪一个十全十美，也没有哪一个一无是处。所以，或褒或贬，是现实里最平常不过的状态，哪怕是在孩子们的世界里。

不过，对于从孩子们的世界生长起来的"童心"，我们却只有褒扬。

从小学习语文，我们就知道，词语是有感情色彩的，脱离语境，也能透露出我们的主观偏好。那么，"童心未泯"这个词是什么色彩的呢？无疑是个清明澄澈的褒义词。

从"童心未泯"的褒义色彩上，能洞察我们的内心：在语言所代表的精神世界里，我们把童心视作宝贵的存在。唯其如此，才会欣喜于它的"未泯"，甚至还带着点庆幸的意味。

童心是什么？顾名思义，自然得从儿童身上去找。童心是什么？更得从成人的世界来看。

这个完美的词，这种不着瑕疵的状态，带着成人们难以抑制的艳羡。童心，与其说是从初生的生命中长起来的蜜果，不如说是成人们经过成长打磨，反省自身，痛定思痛，总结出来的明亮境界。

所以，一辈子津津有味打量孩子的丰子恺先生才会说，"我看见世间的大人都为生活的琐屑事件所迷恋着，都忘记人生的根本；只有孩子们保住天真，独具慧眼，其言行多足供我欣赏者"。童心是什么？借这位敦厚前辈的话说，是孩子的天真与慧眼，是大人不该忘记的人生的根本。

童心生长自孩子们的世界，却绝不等同于幼稚。真正的童心，天真和慧眼缺一不可。天真本来就是种褒贬莫名的状态，倘若没有慧眼，它就难免沦为糊涂的幼稚。配上慧眼的透彻，天真才是直指根本的率直。

拿童心去打量世界，并不意味着无知、浅薄，背后深蕴的应该是简单的真实，对生命的尊重，对生活的尊重，对真诚、善良、美与爱的坚持。这都是旧话，但人生的根本，不就在其中吗？正是有"童心"的标准在，我们才会对某些所谓"给孩子看"的动漫乃至文学作品心存疑虑。真正被期待的童心，不是浮于表面的简单逗乐，不是全无逻辑的胡乱编造。它既是孩子们身上天然纯净的一面，也是成人们心中孜孜以求的一面。

这样的童心，耐得住孩子刨根的追问，也经得住成人理性的打量。能够横贯孩子与成人的精神世界，成为联结人类成长的精神线索，这正是童心的价值。

有人说，童话其实是写给大人看的。这话既错也对，它小看了孩子看透"皇帝的新装"的能力，却正好点中了成人对童心的渴求。其实，就像李贽拿"童心说"对抗伪道学一样，在精神的广阔世界里，我们把童心视作一面明亮的镜子，照见人成长过程中不断堆积的污垢，也把它视作一条自救的长舟。

在童心之舟上，无所谓孩子与大人。

（2016 年）

不灭胸中万古刀

互联互通的时代,保持正义感将是一种考验。

互联网尤其是移动互联网的兴起,改变了社会的面貌。网购、共享经济之类且不去说,社会治理也在极大变化中。网上时常洪波涌起,热点一个接一个,舆情一轮接一轮。有的官员,如果还未从旧的治理模式中醒过神来,就会时不时觉得疲于奔命,应对无措。许多以前看似"不成问题"的问题,放在今天,都可能要经受严肃甚至严厉的追问,引发舆论风波。旧经验运用不到新时代了。

但话说回来，互联互通的世界考验的并不只是这些官员。通过互联网联结着社会、联结着这个世界的人人都经受着考验。热点一个接着一个，为这些"点"供热的人，同样会疲惫。

热点更替得越来越快，疲惫也就越来越深。在这个月的热点、舆情里放声呐喊的人，可能已不记得上个月、上一年或者更往前，曾为哪个热点呐喊，尽管当时可能和今天一样投入。再往后，有一天碰到新的热点，恍惚想起曾经遇过类似的，渐渐就没有当初的热力了。麻木，时常是疲惫的孪生姊妹。

这种状况，有首诗恰好可以形容："日出扶桑一丈高，人间万事细如毛。野夫怒见不平处，磨损胸中万古刀。""胸中万古刀"，并不是把刀，而是见不平而愤的正义感而已。天亮之后，"事随日生"，就是所谓"人间万事细如毛"。保持正义感的诗人见不平而鸣，却又抵不过日升日落、日日因事而鸣的磨损。

诗人慨叹的，是面对彼伏此起的世事风波，保持长久正义感之难。对生活在移动互联网时代的我们而言，这个问题只会更严峻。

过去，我们能关注的，不过是一村一乡的事。邻县的事，都未必能到耳中。更不用说遥远的他乡。但现在，我们关注的事件，已经和地理距离没有必然关系。天下都在掌上设备里，"人间万事细如毛"，在这个时代人们的视界里，早已是数量级的增长。"胸中万古刀"所要经受的磨损，也就更甚于前。

诗作者刘叉，主要生活在唐代元和年间。他的《偶书》，偶然"预言"了今天我们受到的一大考验。这个名字奇特的诗人，从诗到人，看起来似乎都算得上古典时代的"异类"。他生卒年不详，连行止也分外缥缈。李商隐在《齐鲁二生》一文中用不到三百字记述其生平大略，刘叉"字叉，不知其所来"，曾在韩愈门下，但后来因故离开，最后不知所终。连他的名字，在古籍中其实都有不同说法。他更像是古典时代一个神龙似的游侠，"任气重义"，"出入井市"，后来才开始学书、作诗。但他的诗歌之中，依旧饱含粗粝奇崛的侠义气。所以，李商隐评价他"不在圣贤中庸之列"却"过人无限"。不合儒家的"中庸"之道，却依旧被时人肯定为"过人无限"，可见这个诗人是真的过人。

他的过人处，大概就生发于对"胸中万古刀"非常的执着吧。正义感是万古流传的，虽然慨叹"磨损"，却并不会轻易磨灭。同时代的诗人孟郊欣赏刘叉，刘叉则有《答孟东野》，似调侃、似自嘲，又似袒露坚定的信念："酸寒孟夫子，苦爱老叉诗。生涩有百篇，谓是琼瑶辞。百篇非所长，忧来豁穷悲。唯有刚肠铁，百炼不柔亏……"

"唯有刚肠铁，百炼不柔亏"——有这样的信念，哪里算"异类"？在诗歌的长河里、时间的长河里，简直是再经典不过的一道指路光源。

持守正义感而力不竭，经世事沧桑百炼而不柔亏，当然并不是光靠喊就能做到的。刘叉在另一首诗（《姚秀才爱予小剑因赠》）里"解说"了其中要点："一条古时水，向我手心流。临行泻赠君，勿薄细碎仇。"

友人姚秀才喜爱他的剑,他把剑送给了姚秀才,顺便写上一篇"使用说明":这剑,就是从古到今那道不曾断的流水——在《偶书》里,它是"胸中万古刀"的"刀"。要怎样保持它的锋芒,"百炼不柔亏"呢?请"勿薄细碎仇"——不要把它用于细碎的私仇,磨损它万古的光芒。言外之意自在公义。

正是所谓——"胸中万古刀","勿薄细碎仇","百炼不柔亏"。这副刚肠,或许是时间留给我们的那把经过考验的钥匙。

(2017年)

《燕山夜话》漫溯

一

1961年3月19日,《北京晚报·五色土副刊》上登出《燕山夜话》专栏的第一篇文章《生命的三分之一》。作者邓拓(署笔名"马南邨")说:

> 我之所以想利用夜晚的时间,向读者同志们做这样的谈话,目的也不过是要引起大家注意珍

惜这三分之一的生命，使大家在整天的劳动、工作以后，以轻松的心情，领略一些古今有用的知识而已。

邓拓时年尚未满五十，但已经是著名的老报人了。他二十八岁起担任中共中央机关报《人民日报》前身之一《晋察冀日报》的社长兼总编辑，三十七岁起担任《人民日报》总编辑，是中华人民共和国成立后中央机关报的首任总编辑。可以说，他一生的主要工作是报纸的编辑出版。

《燕山夜话》的栏目名，正是这位老报人自己的手笔。燕山对北京，夜话对晚报，虽只是一个栏目名，仍透出这位老报人的功力与巧思：既绝妙地呼应了刊发专栏的报纸《北京晚报》，又切合这个专栏策划时的定位。笔名"马南邨"，化自"马兰村"。这个河北保定阜平县的山村，正是邓拓当年主持《晋察冀日报》时所驻的村子。

"轻松""有用""古今""知识"……《生命

的三分之一》这一篇，或许在"燕山夜话"这个名字定下来的同时，就已经在邓拓的脑海里成形了。这一篇是《燕山夜话》真正的"序言"，里面已经列明了这一系列文章真正的关键词，标注了这些知识性杂文的写作路径。

福建人民出版社在"文革"结束后不久（1980）出版的《忆邓拓》一书中，收有当年《北京晚报·五色土副刊》编辑顾行、刘孟洪的回忆文章《邓拓同志和他的〈燕山夜话〉》，细述了专栏出炉的经过："邓拓同志生前总喜欢开玩笑地对我们说：'我给《北京晚报》写《燕山夜话》，是被你们逼着上马的。你们真有一股磨劲儿。'"

玩笑其实也是实情。为了这个专栏，《北京晚报·五色土副刊》的编辑磨了作者三个多月。1961年1月，《北京日报》刊登了邓拓关于报纸宣传的一段讲话，大意是要提倡读书、开阔眼界、振奋精神。晚报编辑听了之后，立意邀请邓拓"给晚报开一个栏目，写一些知识性的杂文"："我们和邓拓同志越来越熟，磨他写文章的劲也越来越足,整整磨了三个多月",直到3月初邓拓才答应。

当时的邓拓已离开他主持多年的《人民日报》两年了,调往北京市委任书记处书记,分管文教,主编市委理论刊物《前线》。《燕山夜话》的开栏,在《北京晚报》提出创意、策划栏目并向邓拓约稿的编辑们看来,有些"解铃还须系铃人"的意味。

邓拓提的"提倡读书、开阔眼界、振奋精神"这个"铃",有1961年前后的时代背景。1961年1月14日至18日,中国共产党八届九中全会在北京举行。会议鉴于"大跃进"所造成的国民经济比例失调及其带来的严重困难局面,强调贯彻执行以农业为基础的方针,全党全民大办农业、大办粮食。会议还正式批准了"调整、巩固、充实、提高"的方针。

这个大名鼎鼎的八字方针,其实在1960年冬就已在中央形成共识。1960年9月30日,中共中央批转国家计委党组《关于一九六一年国民经济计划控制数字的报告》,其中首次提出国民经济"调整、巩固、充实、提高"的方针。而在中国共产党八届九中全会上和之前召开的中央工作会议（1960年12月24日—1961年1月13日召开）中，毛泽东两次发表讲话，要求"大兴调查研究之风"，1961年要成为"调查研究年""实事求是年"。

面对着严重的经济困难，尤其是粮食短缺，1960年年底、1961年年初社会温度的变化是明显的。曾是资深报人，又在北京市委书记处分工负责文教，邓拓在北京市的相关会议中发声，希望报纸宣传发挥适当作用，开阔眼界，振奋精神，以补物质之困，也是很自然的事。而正在为"实事求是""调查研究"开动脑力的《北京晚报》副刊编辑们想到了开办一个灵活的读书札记之类的栏目，刊登一些知识性的杂文。他们把约稿的目光，投到了邓拓身上。

二

在副刊编辑岗位工作多年，重读《燕山夜话》时，我仍会忍不住设想,作为编辑,如果今天我碰上一个像邓拓这样的作者,会是一种什么样的感受。大概得用上"幸福"二字——对副刊编辑来说,一个学识渊博又长期浸淫于报纸,深知报章各种需求,能按时为版面提供合适稿件的作者,简直可以用完美来形容。但一个既有学识储备,又精通报纸规律,能在学术和大众两者间兼取所长的作者,又着实是可遇不可求的。

今天重读《燕山夜话》,许多篇章仍然可以放在今天的报纸副刊版面上,并不违和且不输光彩。它显示出的报纸文章的生命力,是作者与报纸"可遇不可求"的密切关系使然。所以,重读《燕山夜话》,在感知它出于历史风云的必然的同时,又不能不体味它偶然而难以复制的一面。"三家村"作者之一廖沫沙1979年忆旧时曾有"燕山偶语"之说,或许恰好可以用来形容。

为《燕山夜话》定名时,邓拓对编辑说:"可以写的内容很多,题目随便想了一想,就够写一两年的。"很大程度上,是邓拓的学识支撑了这一点。在《欢迎

"杂家"》一文中,邓拓说,真正具有广博知识的"杂家",是难能可贵的,应该对这样的"杂家"表示热烈的欢迎,应该欢迎具有广博知识的"杂家"在我们的思想界大放异彩。"广博的知识,包括各种实际经验,则不是短时间所能得到,必须经过长年累月的努力,不断积累才能打下相当的基础。有了这个基础,要研究一些专门问题也就比较容易了。"在《燕山夜话》的一百五十多篇文章中,邓拓表现出来的就是这样一种"杂家"风貌:

  邓拓同志在这些文章中,谈政策、谈时事、谈学习、谈工作、谈思想、谈作风、谈哲学、谈科学、谈历史、谈地理、谈文学、谈艺术……可以说是包罗万象,琳琅满目,很像一部"小百科全书"。写法深入浅出,生动活泼,联系实际,有的放矢,谈古论今,旁征博引。邓拓同志写《燕山夜话》引用的资料很多。"四书""五经"《二十四史》《资治通鉴》;汉、唐、宋、元、明、清人笔记、小说；诸子百家、正史、野史；中外寓言，无所不引。

邓拓的父亲是前清举人，邓拓幼承庭训，有国学底子，后来又先后求学于光华大学政治社会系、上海法政学院经济系、河南大学经济系，受过良好的学术熏陶与训练。他在河南大学就读期间撰写了二十五万字的《中国救荒史》，被收入商务印书馆"中国文化史丛书"（笔名"邓云特"）。从事灾荒史研究的著名历史学家李文海1998年撰专文谈这部"经典学术名著"，"以其翔实的史料、缜密的分析、科学的历史观和现实主义的批判精神，成为其中的'扛鼎之作'，并将中国救荒史的研究推进到一个全新的阶段"。李文海认为，直到20世纪末，它仍是"有关中国救荒史研究的唯一的一本教科书"。而这本被后来学者高度评价的教科书级的学术著作在出版时，邓拓不过是个二十五岁的青年。

他的"杂家"理念，还出自长时间从事报纸工作的实践。报纸从业者的"杂家"要求,至今仍为多数业者所认同。从事报纸工作,尤其是在戎马倥偬中处于一线主持编辑工作的总编辑,更是得有"杂家"精神与"杂家"本领,社论、理论文章、消息、通讯、杂文等体裁要样样来得,经济、社会、政治、文化与思想等种种领域要都有识见。

史学家根底与作为党的机关报总编辑的报纸生涯,对邓拓的"满纸文章"来说,是二而一的关系。《燕山夜话》,则是这种关系的"副产品"。

尽管如今我们把《燕山夜话》视作邓拓最著名的作品,甚至在一定意义上把《燕山夜话》视作邓拓最重要的作品,但这是有特殊历史原因的。事实上,《燕山夜话》并不足以代表邓拓,它仅仅是探知邓拓最方便的一个入口而已。

三

对邓拓来说,《燕山夜话》不过是"小文章"。

尽管在读者看来,他是"以大手笔写小文章"(老舍语)。这里的"小文章"并不含褒贬的意思,而是由《燕山夜话》这个栏目所在的《北京晚报》的定位决定的。相反,能以"大手笔写小文章",对约稿的编辑来说,对读到文章的读者来说,何尝不是一种幸运和收获,对作者来说,也不失为一种考验与成就。读《燕山夜话》,理解它那种轻松、平易、以小寓大的风格,不能脱离《北京晚报》这个载体的背景,不能不考虑到邓拓在这个栏目中的写作方式。

《北京晚报》1958年创刊,是有比较明确的意向读者和风格定位的。1957年北京日报社给北京市委的请示报告中这样陈述:"《北京晚报》是市委领导下的报纸,具体业务由《北京日报》编委会领导,每日出刊四开四版一张,它的读者对象是城市居民——包括工人、店员、手工业者、干部和家庭妇女。每天有两版新闻,两版副刊和专刊。内容除时事新闻(综合改写)外,偏重于本市新闻(补日报之不足,如登一些各区消息)、文化娱乐、体育活动、社会新闻——

通过具体事例和简短活泼的文章，培养新社会的道德品质和新公民的思想修养。注意文短，图多，通俗易懂，编排活泼而又不流于庸俗。"

《北京晚报》创刊号上也再次确认了这方面的设想："这张报纸是办给广大城市居民看的，工人、店员、干部、学生和教师、手工业社员、街道居民和家庭妇女，都是这张晚报的对象。同时，晚报还必须补日报之不足，更多地反映各区、中小工厂、基层商店、手工业社、中小学、街道和家庭各方面的工作状况和群众生活面貌。"

这是一张与《人民日报》《北京日报》等机关报面貌大不相同的都市报。邓拓本人也对《北京晚报》的定位有过直接的评论："晚报是一份小型报纸，就要从这个特点出发，在'小'字上做文章。"——"小文章"，正是晚报的需求所在。轻松、有用的"小文章"，以"具体事例"和"简短活泼"的文风呈现出来，也正是《北京晚报》与它的读者们的默契所在。《燕山夜话》也是这种默契的一部分。

1963年，《燕山夜话》合集出版时，邓拓曾有《自序》："有人说，零星写作也很费工夫，你难道不怕耽误工作吗？讲一句老实话，我觉得写零星短文并不费事，只要有观点有材料，顺手牵羊就来了，有一点业余时间的都能办到。这又证明，一般的文章要写得短；短就不怕没工夫。"《燕山夜话》收录的文章，正是他所说的"零星写作""零星短文""一般的文章"。不妨这样理解：《燕山夜话》更像是一次和北京的众多市民的聊天。在这个晚间时段的聊天中，邓拓充分发挥了他的博闻广识，发挥了他史学家与多年浸淫于马克思主义的深厚功底，其中或有分享的意趣，也有引导的衷肠。

尽管以常理来论，要在繁忙的工作中保持稳定的每周两更，总归会影响到工作生活。但我猜想，邓拓在写作《燕山夜话》时，应该是自有乐趣的。这种在报纸上"夜谈"式的写作，是合乎他的心意与理念的。战争年代隐蔽在乡村、民众中，致力于发动大众的办报经历，以及他对党的意识形态包括群众路线的信仰，使他对"站在群众中间办报""群众内容、群众形式、群众写作"有着高度的认同与实践。关于后者，他在1944年晋察冀边区宣传工作会议中所作的报告《改造我们的通讯工作和报道方法》里有过详细论述。

"马兰村"时代，邓拓主持《晋察冀日报》，就办有通俗性副刊《老百姓》，注重"把新近发生的事用通俗的语言讲给老百姓听"。对于一个拥有丰富储备的学者、作家来讲，能以适当的形式，把自己的所知所感所想讲到他的目标读者心里去，对于一个长期从事党的新闻工作、对自己所选择的意识形态与道路有深刻认同的知识分子来讲，能够以润物无声的方式引导民众，"培养新社会的道德品质和新公民的思想修养"，无论哪一点，都是令人愉悦的。

邓拓自己可能也没料到，正是这些"顺手牵羊"的"小文章"，成为了杂文史上第二次创作高潮的重要部分。这类杂文也成为除鲁迅式杂文之外，另一种重要的杂文形式。在《燕山夜话》的带动下，《前线》的《三家村札记》、《人民日报》的《长短录》、《大众日报》的《历下漫话》、《云南日报》的《滇云漫谈》等杂文专栏一时涌起，有知识性、趣味性又不失新闻与时代背景的杂文空前活跃。

从这个角度来讲，《燕山夜话》又确实是一部时代之著。

四

《燕山夜话》杂文集，是新中国成立以来发行量最大的杂文集之一。其中以北京出版社的两个版本发行量为最。一是1963年的合集，并自1961—1962年分别出版的五集分册。五集分册每集收入三十篇文章，共一百五十篇。二是1979年的新版合集。这一版本删去了1963年版本中的四篇（分别是二集的《收藏家的功绩》、三集的《从鲁赤水的墨菊说起》、五集的《一幅墨荷》《命运注定蒋该死》）。又另外补上了当年未收的三篇文章（《陈绛和王耿的案件》《鸽子就叫做鸽子》《今年的春节》）。这一版共收入一百四十九篇。

所以,《燕山夜话》这两个发行量最大的版本先后收有文章一百五十三篇。其中一百五十二篇是《北京晚报·燕山夜话》专栏的。另有一篇《一块瓦片》,选自1961年12月31日《人民日报》。《燕山夜话》专栏和《燕山夜话》杂文集的文章数量微有差异。

《北京晚报》的《燕山夜话》专栏所刊载作品数量,各种资料里有多种说法。综合北京出版社的两种版本,一百五十二篇应该是比较可靠的篇数。

在《燕山夜话》前四集按每集三十篇出版后,1962年10月,马南邨(邓拓)曾在第五集的前言《奉告读者》中说:"由于近来把业余活动的注意力转到其他方面,我已经不写《燕山夜话》了。现在将三十二篇未编的文稿重阅一遍,选得二十九篇。又把在别的报刊上发表的短文选了一篇加上,补足三十篇。"所谓"三十二篇未编的文稿",应该是指自《燕山夜话》开栏起,未收入《燕山夜话》前四集的所有文章。从中去掉三篇,选出二十九篇,又添上发表在《人民日报》的《一块瓦片》，补足三十篇，以合乎前四集的体例。1979年的新版合集在五集之后添补的三篇，应该就是1962年10月这一次未选的三篇。如此，《燕山夜话》专栏所刊的文章就齐全了。

邓拓的夫人丁一岚1979年2月17日在《人民日报》发表的《忆邓拓——为〈新闻战线〉作〉》中说："正是这一百五十二篇《燕山夜话》和十八篇《三家村札记》，竟成了党的新闻战线上一个忠诚战士的致命之累。"北京广播电视大学中文教研组编、1983年出版的《作品选讲》在《生命的三分之一》一文后附了顾行的《别开生面 独具一格——介绍〈生命的三分之一〉兼谈〈燕山夜话〉》（1983）一文作为说明。文中说，"这个专栏……共发表杂文一百五十二篇"。也再一次印证了《燕山夜话》专栏的作品篇数。

《燕山夜话》杂文集在20世纪60年代前半期受到欢迎，发行量可观，和《北京晚报》的《燕山夜话》专栏受到欢迎的原因是一样的。在频繁的运动过程中，在文风、话风变化的过程中，"知识性杂文"的流行是可以想象的。而它在1979年重印之后，发行量比20世纪60年代更大，原因足以令人品味。

1979年1月，廖沫沙回顾"三家村"时写下了一首诗："燕山偶语招奇祸，海瑞登台启杀机。有鬼为灾偏作梦，三家村里尽痴迷。"诗里写到了三部作品——邓拓的《燕山夜话》，吴晗的《海瑞罢官》，邓拓、吴晗、廖沫沙的《三家村札记》，背后是两桩事——1965年姚文元发表《评新编历史剧〈海瑞罢官〉》开启的批《海瑞罢官》运动，1966年姚文元发表《评"三家村"——〈燕山夜话〉〈三家村札记〉的反动本质》涌出的批"三家村"旋涡。

运动的鼓点密集。值得注意的是，《评"三家村"——〈燕山夜话〉〈三家村札记〉的反动本质》一文1966年5月10日由上海媒体首发，5月11日全国各大媒体统一转载。五天之后，"文革"的纲领性文件"五一六通知"正式发布。暴风骤雨并不是骤然降临的，至少从批《海瑞罢官》开始，就已经风雨齐作了。"可以说，批吴晗的《海瑞罢官》是准备发动

'文化大革命'的一个试探，而批邓拓的《燕山夜话》与邓拓等的《三家村札记》，则是发动'文化大革命'的一个突破口和'样板'。"（钱理群《"燕山偶语遭奇祸"——〈燕山夜话〉的命运及其影响》）两天后，5月18日，邓拓饮恨离世。《燕山夜话》和他的作者邓拓，成了"文革"最早的牺牲者，成了回顾这段历史时一条沉重的线索。《燕山夜话》在激烈的批判中，和"三家村"一道，远远超出了"燕山"范围，超出了各地报刊效仿的杂文栏目，成为一个举国皆知的"黑色名词"。

当一切运动过去，时代重回正常轨道，《燕山夜话》也以合集重印的形式重回人们的视野。这时候，它已经不再仅仅是邓拓的那些"小文章""零星短文"，不再仅仅是当年和北京市民的一次次的"夜话"。它已经负载了一场全国性的激烈批判，一场长达十年的运动，和一个令人扼腕的长逝的灵魂。重读《燕山夜话》，就负载了更多的意义。

这时候，返身回望1961年3月，邓拓为栏目定下《燕山夜话》的名字，写下第一篇《生命的三分之一》，不由得有一种如梦似烟之感。不由得想起读了多次的那首诗——1959年2月，邓拓正式离开工作多年的人民日报社。在报社同事为他举行的欢送大会上，他念的那首诗：

  笔走龙蛇二十年，分明非梦亦非烟。
  文章满纸书生累，风雨同舟战友贤。
  屈指当知功与过，关心最是后争先。
  平生赢得豪情在，举国高潮望接天。

（2018年）

"本地"生活

离开深圳很久后,令我自己都惊诧的是,最难忘的印象居然来自安全带。

几番到深圳,时节多在夏季,和到我国南方沿海其他许多城市一样,常被炎热潮湿的感觉包围。耐不住,总想着钻进车里吹空调,于是发现了这个城市头一样"不一样":上大巴,司机提醒大家系上安全带。打个出租车,坐在后排,司机提醒我系上安全带……受不少安全警示片的影响,坐车出行时,我会尽量提醒自己系好安全带。不过，在别处，鲜少见出租车司机会特意提醒后座的乘客系安全带，系上了，倒仿佛特立独行，让人有些不好意思。在深圳，终于可以大大方方按规则来，在后座系上安全带而不必"羞怯"。

有些"新鲜"感——不过，是使人安心的新鲜感。说起来，深圳确实算个"新"城市。北上广深，改革开放四十年后，深圳身在四大一线城市行列，成为一个固定词组的一部分。但在四十年前，深圳的前身宝安县，县政府所在地深圳墟也不过是个偏僻集镇。大名鼎鼎的蛇口，更只有几个小渔村。所以，我们更愿意以文学手法，把深圳的发展形容为由小渔村成长到大都市。共和国建设与发展史中曾诞生不少新城市。因开发矿产资源而生的攀枝化，军垦新城石河子……在这些城市中，深圳无疑是生长最为迅速的那一座。它伴改革开放而生，并迅速兴起。

几十年间，上千万人从四面八方会集到这南国的一隅，白纸上画图一般，营造了今天的这座城市。作为旅行者，我对深圳莫名的熟悉，除了媒体常年关注一线城市的报道,大概也有很大程度来自这种"四面八方"。我的高中同学、大学同学中,都有从很远的地方到深圳工作、定居的。这并非孤例。所以,尽管地处广东,又和香港毗邻,联系紧密,深圳却不是以粤语而是以普通话为城市日常语言。

外界把深圳称为"移民城市",但对工作、生活在这里的人而言,"移民"这层色彩已然淡去。这就是他们生活、工作,相伴生长的城市。他们打磨这个城市的规则、边界,也在这个城市中充实自己的生活。

"经过七八年的寻觅和积累,我渐渐拥有了真正意义上的深圳生活,找到了心仪的小食摊和裁缝铺,交到了志趣相投的师友……"作家蔡东2006年南下深圳,到深圳职业技术学院执教。如今,当地媒体提到她时已视其为深圳"本土作家"。蔡东写深圳的城市生活,也研究生活在这个城市的写作者,她在深圳文学研究中心从事城市文学研究。她说,"写作里有曾经的故乡,也有未来的故乡。坚硬的城市里能生长起这么多坚持写作的年轻人,盖因于此……用文学,和自己的人生、自己的城市互动"。这是蔡东笔下的"深圳文学地图"。小说《我想要的一天》中,她笔下的人物说,深圳"确实能让你躲起来","躲在大城市写东西"。在深圳,城市与文学的关系,最早以"打工文学"的面貌出现。但到今天,这里的写作者与城市的关系,早已非"打工"能概括。

说是"新"城市,其实也不新了。最早来创业的"移民",已成为这个城市的退休居民。年青一辈,则怀着到一个新兴一线城市生活与工作的心态不断到这里来。深圳和其他年长的城市一样,开始有完整的年龄层,有远比初创期纷繁的形态。居于其中的居民们,开始经历并渴望更丰富完整的城市生活——不仅是物质上的,还有文化上的、精神上的。这种体验,一部分投射到深圳的"新城市文学"写作中,一部分则呈现为文化生活的"创意"上。

最近一次到深圳,适逢深圳正在举行已经办了十四届的中国(深圳)国际文化产业博览交易会。热闹中,我却被展馆过道长廊中的"影像深圳家谱"摄影展吸引住了。展览不复杂，一百幅照片，拍的是一百个深圳家庭、家族、群体的"全家福"。占地也不大，一百张照片毕竟有限。但一幅幅看过来，却仿佛透过尺寸平面看到了一个个生动的家庭，与他们有了真切的接触。揣摩他们照片中的装束、表情、拍摄背景的选择，忍不住对这些在深圳生活、工作的家庭的其他经历产生好奇和想象。这些来自深圳各个角落、不同经历、不同规模的"家庭"，每一个又似乎可以连接、代表更多。

展览说这是"第四季"。这一季的照片中，有特区最初的拓荒者，像袁庚家庭、基建工程兵群体，有90年代甚至新世纪初到深圳的创业者家庭。有些照片上只是一对小夫妻，有些却已是老少一堂的大家庭。这个特别的"家谱"展，创意产生于2013年，公开征集，专业拍摄，一年拍摄一百个家庭为一季。首期在2014年年底展出。据说展览很受深圳市民的关注和欢迎，还应邀到国外展出。每期一百个"家庭"，这逐渐累积的"深圳家谱"，大概真能实现展览所说"追寻深圳根脉，记录城市血脉"的初衷。

多年前，深圳曾票选当地最有影响力的十大观念，"时间就是金钱，效率就是生命""空谈误国，实干兴邦""鼓励创新，宽容失败"等入选。其中许多是曾影响深圳宏观发展的观念。"家谱"式的影像，则下沉到构成这个城市生活的基本单位。讲述家的故事，就是讲述人的故事，讲述生活的样子。

（2018年）

巍山的远与近

云南高原适合生息的地方,被称为坝子。高原中的小小平原,或者是山麓,或者是河谷,地势平缓,往往是行旅选择歇脚、居民选择生活的地方,稍成规模,也便渐渐热闹起来。大理古城以南七十多公里的巍山,因人们聚居而繁华,正是这样一个坝子。

以眼下的交通条件来说,去巍山,不算便利。别处已是高速公路、高速铁路甚至飞机,从北京到大理,几千公里之遥,飞机也不过四个小时。而巍山,似乎还和这样的高速保持着距离。尽管离大理古城只有七十多公里，从大理去巍山，需沿着省道，越过一座座山，要一两个小时。从224省道到213省道，从永建镇、大仓镇到庙街镇、巍宝乡，左右是褶皱起伏的山峦，一道用远视角看来极狭长的坝子，一步步向我这个外乡人袒露开来。

行车的山路总是盘旋的。而高原的阳光，在去往坝子的路上，照样是酷烈的。安静的柏油路面，似乎蒙上一层隐约的高原红土的土色。天光地色中，路两边不时掠过色彩鲜艳的广告与宣传标语，又让人觉得，它其实并不是这盘旋的路所表现的那样"藏"于深山，而是始终与"外部世界"保持着不可忽略的联系。

远与近，在这个有着漫长历史的坝子里达成了生活状态上的平衡。说它远，它是远的，说它近，它也是近的。而这或许正是巍山的过去与现在交会的状态，是巍山自己的气质形成的造物。它有自己汹涌的内质，也有令人亲近的安然。

它至少曾经是近的，和"外部世界"一道，近到即使是被光阴千筛万选的历史也不得不为它记上一大笔。南诏的发祥地，这个"南"字就得落在它的身上。不过，在我看来，相比它作为南诏发祥地的久远历史，它在茶马古道上有过的地位与温度，对现在巍山的影响可能更明显一些。

有人说茶马古道犹如深入大地的血管，为它所经过的地方带去生机活力，带去改变。巍山正是这根血管的节点之一。它南边，是南涧，它北边，是大理，马帮和滇马就是沿着这些山与山之间的坝子行走。巍山是滇马的主产地，善行山路的滇马正是茶马古道上马帮偏爱的品种。巍山永建镇的东莲花村，马帮家族留下的宅院依然重叠。古道留下的驿站，身处其中，仿佛还可以想见当年忙碌的场景。马队，蹄声，驼铃声，他们为这块土地带去了生机，也未尝不可以说是这块土地给了他们休憩与继续上路的动力。货物，商店，旅人，驿站，形成了巍山无数岁月之前的繁盛景象，也刻画了它今天的面貌。

薄雾的清晨，巍山古城的居民们尚未把老街两边屋子的门板取下。外来者在四方街上漫步，石板路斑驳，仿佛能回响起当年马帮的蹄声。这个老城的总体面貌，可以追溯到明代。看到这长街与两侧的商铺，可以想见数百年前这个坝子的生命力。这个坝子与茶马古道的血脉流动如此之"近"，让它在古道上留下热滚滚的生活场景。窄窄的长街两旁，低低的铺面后面，外来者穿门过户，登堂入室，才发现，内里的宅院出人意料地深广。巍山人的生活，潜藏在水面之下，必然也曾汹涌澎湃过吧。

但渐渐地，也就远起来了。坝子与坝子之间，远隔着大山，一重又一重。外面的路修了一条又一条，生活的速度也在一天天地加快。巍山这个坝子呢？这个古道上的古城呢？大概还是已往的节奏。不是它比以前慢了，只是它没有匆忙给自己加上速度。几百年的光阴，留给这个城强大的自然节奏，不用提醒，人们也知何时起床，何时摘下铺面的门板，何时去街头巷尾吃上一碗饵丝……

从近到远……可惜没有生命那样漫长的观察者，

能够从头到尾看完这段完整的进程。如今的外来者，倒是最能感受弥漫在古城长街清晨的那种"远"。这种"远"，或许值得庆幸。它与这个城的血脉共生、同步，或许又会变成这个城新的生命力的源泉。所以，谁又说得清，到底什么是真的远，什么又是真的近呢？

巍山古城的街头，倒是思忖这个问题的好去处。

（2018 年）

世上潮

世说江左,新语风流

　　以宗室王爵之尊,亲自编订书籍,并且因此在中国文学史上留下重墨的文人,在南朝四代,有两个,一个是梁昭明太子、《文选》的编者萧统,而另一个,就是宋临川王、《世说新语》的作者,刘义庆。

　　刘义庆,是南朝宋武帝刘裕的侄子,本是刘裕大弟弟长沙王刘道怜的第二个儿子,十三岁时被封为南郡公。因叔父临川王刘道规没有儿子,刘义庆便被朝廷过继给刘道规为后,因此袭封为临川王。史载刘义庆自幼聪敏过人，深受伯父刘裕的赏识。刘裕曾夸奖他说："此我家丰城也。"他以临川王的身份历任侍中、中书令、荆州刺史、南兖州刺史等显职，在公元444年去世，终年四十二岁，谥为临川康王。史称他秉性简素，寡嗜欲，爱好文义。招聚文学之士，远近必至。当时有名的文士如袁淑、陆展、何长瑜、鲍照等人都曾受到他的礼遇。

大家熟知的"望梅止渴""七步成诗""难兄难弟"等成语故事，都出自他的《世说新语》，该书是他在扬州担任刺史时编撰而成的。不过，当时的扬州叫作"南兖州"。

《世说新语》在中国文学史上以作为轶事小说的成熟标志和代表作品而显名。谓之轶事，就已定下了其不同于经典、论说周正严肃的风格，而寻求悠闲自然的审美方向。

该书古为八卷，今本作三卷，记取汉末到距他不久的前朝——东晋的人事，以自然流露其性情的笔调，记人言行，不代圣贤论道，不为自己言志，而以潜藏在骨子里的诙谐，看前代风流。从客观上来看，刘义庆编写《世说新语》所采用的那种不同于以往绝大多数文章典籍的笔调，在某种程度上，是实现了一场一千五百多年前的"自娱自乐"。它其中蕴含的人生情趣，以浓缩的形式出现。一句话，一段轶事，不刻意扩展成篇，不刻意追求起兴转折，而是悠闲自然地娓娓道来。

明人胡应麟在《少室山房笔丛·九流绪论（下）》中论道："《世说》以玄韵为宗，非纪事比。"刘义庆生活的时代，是玄学之风未衰、名士风流依旧为人仰慕的时代，所谓"玄韵"，就是玄学的韵致与生活情调。因此，刘义庆虽只是以客观的笔调记叙人物言行，但其旨趣所达，始终围绕着一个"韵"字，聚沙则成塔，叙事在某种意义上就变成了抒情，随意的笔法，种种人生世相，就成了别有风味的人生体验。

《世说新语》中无论记言记行，中心都在于表现人物的风情神韵，千百年后再来读这些小片段，虽只是片言只语，却将那已经消逝的时间和空间中的人物、风俗故事的情致摹画出来。经过光阴洗濯，留在纸页中的故人故事，千年风流，也就格外令人怅惘与思慕，以至胡应麟慨叹"读其语言……怅望江左风流，令人扼腕云"。

（2006年）

铜豌豆无关崇高

"我是个蒸不烂、煮不熟、捶不扁、炒不爆、响当当一粒铜豌豆。"1958年,为纪念世界文化名人、我国13世纪伟大的戏剧家关汉卿戏剧活动700周年,田汉执笔的历史剧《关汉卿》问世。1963年,由北京人民艺术剧院演出,从此,这句出自关汉卿散曲《南吕·一枝花·不伏老》的话成为了关汉卿铁骨铮铮的崇高艺术形象的最真实表达,为世人所熟知。人们或许不知道《南吕·一枝花》这支散曲,甚至不知道这支曲的原作者是关汉卿，都无碍于其为这支曲中所表达的淋漓的"铜豌豆"性格所感动。

可知道这支曲的人中，大部分可能并不知道"铜豌豆"的真实含义。铜豌豆，实是元代市井语，指花柳营中的风流浪子。用现在的话来说，这个词是有些贬义的，实与崇高无干。

在这句"我是个蒸不烂、煮不熟、捶不扁、炒不爆、响当当一粒铜豌豆"所出的散曲《南吕·一枝花》中，前有"我是个普天下郎君领袖，盖世界浪子班头"，后有"则除是阎王亲自唤，神鬼自来勾，三魂归地府，七魄丧冥幽，天哪，那其间才不向烟花路上走"，活脱脱是一篇关汉卿的"浪子宣言"。将"铜豌豆"放在整支曲中来读，我们看到的是一个"玩的是梁元月，饮的是东京酒，赏的是洛阳花，攀的是章台柳"，"会围棋、会蹴鞠、会打围、会插科、会歌舞、会吹弹、会咽作、会吟诗、会双陆"的浪荡公子形象，实在与我们惯常单纯从"铜豌豆"一句中得到的关汉卿形象大相径庭。

但实际上，通读全曲，了解"铜豌豆"真正含义，对于理解关汉卿这位我国古代文学史上的元曲大家，至关重要。

元代蒙古人入主中原，作为以往王朝稳定人才选拔制度的科举制度曾长期中断，如关汉卿这样的文人失去了读而优则仕的进身之阶，他们高超的文学才能不能再用于科场，因而有了前不同于唐宋，后有异于明清文人的命运与文学追求。词采风流的文士们纷纷走出了书斋，以率真自由的艺术家的心态，专注于杂剧、散曲这些不同于诗词等正统的文学形式的创作，而勾栏瓦肆，则成了他们演绎创作成果的最好场所。沉醉于烟花巷、风流场，无拘无束，挥洒真性情，写作曲词，成了许多元曲作家普遍的生存状态，而堪称元曲第一人的关汉卿，更自诩为"锦阵花营都帅头"。

这篇带着自我戏谑的《南吕·一枝花》将关汉卿自己率真随性的心态刻画得淋漓尽致的同时，未尝不深含着浓浓的自哀情绪。因此，了解了关汉卿的浪子形象,才能更真切地理解这位"不伏老"的元代杂剧大家。

(2006年)

开明之前世今生

民国时期出版界基本没有"出版社"之称。中国出版业在民国时期曾经一度兴起热潮,其时最为人瞩目的出版社中,有堪称龙头的商务印书馆,有名声在外的中华书局,还有世界书局、良友图书公司,包括开明书店,均不以出版社为名。这些出版社,创办各有机缘,后来的命运也不尽相同:商务印书馆、中华书局解放后依旧矗立,保持着良好的出版声誉;世界书局、良友图书公司则最终消亡(当然仅指中国大陆地区，两者在港台犹有余脉）。而开明书店的命运，从开办到终结，又别有一番与众不同的机缘。

开明之"开"，缘于一场争论催生的一本杂志。

1926年1月，由商务印书馆编辑章锡琛和其弟章锡珊等四五十人集资的《新女性》杂志创刊。这份专门讨论妇女问题的期刊，在某种角度上来说，算得上是一群知识分子的负气之作。

此前，章锡琛在商务印书馆下属的《妇女杂志》任主编。须知道，"五四"思想解放到了1925年前后范围已经日渐广阔，五四新文化的内容也开始扩及到男女平等、妇女解放、自由恋爱、大学允许男女混读、传播性科学知识等现在看来再平常不过而在当时却经常遭受保守势力非议的方面。1925年1月，章锡琛与周建人（当时为章所邀合编《妇女杂志》）颇有些前卫地出了一期《新性道德专号》，其中有主张男女平等、性生活必须以爱情为基础之说。这下可捅了马蜂窝，许多报刊、大学名流纷纷攻击《妇女杂志》鼓动"一夫多妻"等，如当时全国最高学府北京大学的名教授陈百年就在《现代评论》杂志上发表了《一夫多妻的新护符》一文。章锡琛与周建人随即分别写了辩答文章投寄《现代评论》，却被积压近两个月才在某期杂志末尾处删节刊出，可见其时形势之恶劣。商务老板王云五见《妇女杂志》成为众矢之的，也认为章等有失体统，于是将章调离。章锡琛与他同在商务的朋友胡愈之、郑振铎等对商务的懦弱处事大为不满，鲁迅也对商务拿章锡琛开刀颇为恼怒。一帮朋友遂决定共同凑够资金，自办一份杂志继续讨论妇女问题——这就是开明书店的前身《新女性》。

《新女性》创刊号刊出后，商务以职工不能经营与商务同样性质的企业为由将章锡琛辞退。章在众人的鼓励下干脆开始专心自办杂志，甚至代友人印刷出版作品。于是一帮友人商量索性自办书店以便出版发行自己作品——这就是开明书店。十年间，开明书店从"一家最初由一群贫穷的文化人以自己的稿费、版税、薪水作为投资的书店"，"到抗战前夕，俨然成为同历史悠久资金雄厚的'商务''中华'鼎足而三的大书店"（吴觉农语）。

可以说，开明书店的诞生在很大程度上是一种偶然。它开办前没有其他出版团体那样详尽的谋划，也不是彻底地以商业营利为目的。从一开始，开明身上就带着浓浓的知识分子气息——正直、热切，富有责任感。这种气质与口碑使得开明作为一家知识分子开办的中小型出版社能够与"商务""中华"并列，被时人看作当时中国有数的几家优秀出版社之一。开明书店也开创了一条知识分子的由杂志而出版社的发展之路。

"开明"之"明"，也不同于其他出版团体。1953年，开明书店与团中央下属的青年出版社合并成为"中国青年出版社"，虽然"开明"的名号就此消失了，但开明之风从此却以一个"青年"的形象行走世间。

（2007年）

时尚的革命时代

铁血烽火,是我们一贯印象中的"革命"的样子。不过,人们通常不会知道,在20世纪二三十年代的大都市(比如上海),"革命",几乎是时尚的另一种说法。

20世纪二三十年代的上海,都市的五光十色催生了各式各样的生活形态,舞厅、电影院、霓虹灯和现代派小说、通俗文学、左翼革命文学等一起成为这个城市的一部分。如果说,老派市民更喜欢张恨水式的通俗小说的话，那么，正处在青春热血阶段的青年人，最热衷的，莫过于"革命"这个词。

蒋光慈在现在的人眼中可能是个陌生的名字，但"革命加恋爱"却是一个今天还隐约可见的说法，只是今天的人们早就无心去考察它的源头。将"革命"和"恋爱"放在一起，正是那个时代"革命"的时尚写照，而引领"革命加恋爱"小说潮流的蒋光慈，称得上是那个时代的"畅销书作家"。

1926年，蒋光慈出版了中篇小说《少年漂泊者》。此后，蒋光慈的《野祭》《菊芬》《最后的微笑》《丽莎的哀怨》《冲出云围的月亮》等小说接连出版，并大量再版，市场销路之好以致被大量盗版，甚至有其他人的作品被冠上蒋光慈的名字发售。其情形，多少能让我们联想到许多年以后的"金庸新著""古龙新著"。

描写青年人追求"革命"的小说，和时尚的恋爱生活联系在一起，甚至形成了一种可以被独立命名的文学模式，作品也成了市场上供不应求的畅销书，多少能让我们窥见那个年代一部分都市青年人的时尚观念。而出生于1901年,自己也是个不折不扣的年轻人的"畅销书作者""新兴文学大师"蒋光慈自己的宣言就更加直白了:"我自己便是浪漫派,凡是革命家也都是浪漫派,不浪漫谁个来革命呢?"

"不浪漫谁个来革命",这或许是蒋光慈同时代年轻人共同的声音。"革命"在这些年轻人眼里似乎就是浪漫的化身。年轻人总是时尚的拥趸,时尚最终成为一种潮流的力量,也通常来自年轻人。在我们今天这个时代看来显得有些陈旧与异样的"革命"这个词语,在上世纪的那个年代,却毋庸置疑是时代思潮中最现代、最浪漫的思想,甚至是生活方式,继而成了一时的潮流。

鲁迅先生就曾在一封给友人的信中说道:"近颇流行无产文学,出版物不立此为旗帜,世间便以为落伍。"这种现象,和半个世纪之后的八九十年代人人追捧先锋文学何其相似。著名的现代派作家施蛰存在20世纪30年代也曾说,他自办文学杂志《新文艺月刊》之时,"普罗文学(即无产阶级文学)运动的巨潮震撼了中国文坛,大多数作家,大概都是为了不甘落伍的缘故,都'转变'了。《新文艺月刊》也转变了。于是我也——我不好说是不是——转变了"。"不好说是不是"的保留性表述正说明了不甘落伍追求普罗文学的潮流流行到足以挟裹这位现代派作家。

革命,也曾是一种势不可挡的时尚与潮流,跟不上,就落伍。

(2007年)

新人旧诗郁达夫

在多数人的印象里,郁达夫是个再新潮不过的作家。作为"五四"时期最早的作家之一,他的代表作《沉沦》讲述一个留日学生的性苦闷以及对国事的悲哀心理,大胆坦露内心隐秘,实在不比现在的一些所谓前卫写手来得保守。大量隐隐约约以自己为原型的小说,比如《银灰色的死》《春风沉醉的晚上》等,也让他以专情又放任的浪子形象出现在人们的阅读印象里,他大概也算得上是个"新新人类"。不过,"五四"

一代知识分子的过人之处就在于,在你以为他们是多么新潮前卫的时候,又往往不经意发现他们对传统的东西也是那么在行,比如新文学作家郁达夫的旧体诗。

1931年1月,左联五作家李伟森、柔石、胡也频、殷夫、冯铿被捕,23日郁达夫在上海会友,随即写了一首诗以记其事:"不是樽前爱惜身,佯狂难免假成真。曾因酒醉鞭名马,生怕情多累美人。劫数东南天作孽,鸡鸣风雨海扬尘。悲歌痛哭终何补,义士纷纷说帝秦。"如果不是知道郁达夫是何许人也,恐怕真要以为此诗作者乃写得一手好律诗的古人。"曾因酒醉鞭名马,生怕情多累美人"一句也活灵活现刻画出了一个浪子形象,颇有古人名句气象。

实际上,郁达夫可以说是现代有数的以旧体诗词反映现代生活的名家之一。现代的近体诗词界有"郁柳苏田"之说,柳是柳亚子,苏是苏曼殊,田是田汉,而郁就是郁达夫。民国时期著名的艺术家、郁达夫的友人刘海粟更说:"达夫无意作诗人,讲到他的文学成就,我认为诗词第一,散文第二,小说第三,评论文章第四。"

说起来,郁达夫那一代的知识分子,大部分是在传统的私塾教学与"四书""五经"的陪伴下成长起来的。郁达夫八岁入塾,不久就展现出了聪慧的天性,他在《自述诗》里说:"九岁题壁四座惊,阿连少小便聪明。谁知早慧终非福,碌碌瑚琏器不成。"古典诗词的浸淫与后来的西学素养,在郁达夫身上以一种近乎完美的状态实现了它们的并行不悖。郁达夫最早的文学创作就是旧体诗,他一生写了近千首诗,皆为旧体诗。民国初期的文坛健将中,如胡适、郭沫若、徐志摩等都喜欢写新诗,郁达夫却不写新诗,坚持写旧体诗,也算是一个异数。

两个新文学的先锋,只写旧体诗的郁达夫碰上常写旧体诗的鲁迅,又该是怎样一番情景呢?1923年郁达夫和鲁迅见面,此后交往频繁,后来有诗《赠鲁迅》."醉眼朦胧上酒楼,彷徨呐喊两悠悠。群盲竭尽蚍蜉力,不废江河万古流。"而鲁迅的名作《自嘲》("运交华盖欲何求"),它的写作背景,有一个人们通常都不知的典故。1932年10月12日,鲁迅在日记里写下"达夫赏饭,闲人打油,偷得半联,凑成一律以请云云",其中"达夫"就是郁达夫,"一律"就是指的《自嘲》。

读遍郁达夫的旧体诗,真是让人感叹:谁说现代人写不出好的旧体诗?谁又说古诗词表达不了新时代?

(2008年)

从学堂到学校

这些年，教育界是非纷纭，教育改革的呼声此起彼伏，让人不由得重新对百多年之前中国近代学制的创立产生兴趣。"学制"，其实是"学校制度"的简称，在某种程度上也是"教育制度"的代称。近代学制创立时线索纷纭，头绪杂乱，在我看来，从"学堂"到"学校"的称谓变化，应该算一个值得一察的历史细节。

古代的教育系统，大致可分为官学和私塾，比较高级的有书院、太学之类。这一学制的体系在记载三代尤其是周代礼仪的《礼记》之中就已经有比较详细的记载："古之教者，家有塾，党有庠，术有序，国有学。比年入学，中年考校，一年视离经辨志，三年视敬业乐群，五年视博习亲师，七年视论学取友，谓之小成。九年知类通达，强立而不反，谓之大成。"

这里的"家""党""术""国"都是指不同大小、等级的区域，而"塾""庠""序""学"就是不同级别学校的称谓。当然，还有其他的称谓，比如单独出现的"校"。著名的《子产不毁乡校》里的"乡校"，既是乡间的学校，也是乡人聚会议事的场所，兼具我们今天的学校和公共论坛的功能。与之相对的，则是前面提到的设于都城之中的"学"。

"学堂"作为学制称谓，晚近才出现。近代教育家陶行知曾论及外国学校制度对我国新创学制的影响："中国自道光、咸丰以来，与外人交接，总是失败。自己之弱点，逐渐揭破；外人之优点，逐渐发见。再进而推求己之所以弱，和人之所以强。见人以外交强，故设同文馆；见人以海军强，故设水师船政学堂；

见人以制造强，故设机器学堂；见人以陆军强，故设武备学堂；见人以科学强，故设实学馆。同治以后，甲午以前的学堂，几乎全是这一类的。"

可以说，"拿来主义"在这一时表现为见一门，学一科，建一类"学堂"。这种"学堂"多是从技术上着眼，国人想要把西洋的诸种强大的手段一一搬到中国来。此时，"学堂"作为正式称谓出现，在某种意义上，相当于一个学习西洋技术的标签。

甲午一败，国人一片哗然，渐渐想要变革教育，改革学制。光绪二十七年(1901)，诏谕要求"各省、府、直隶州及各州、县分别将书院改为大、中、小学堂"，其中"省城均改为大学堂，各府及直隶州均改为中学堂，各州、县均改设小学堂，并多设蒙养学堂"。清廷首任管学大臣张百熙奏定的学校系统是：蒙学堂四年，一般小学堂三年，高等小学堂三年，中学堂四年，高等学堂或大学预科三年，大学堂三年，大学院(相当于现在的研究生院)不设年限。也就是说，如果照着这个系统一路念完，至少需要二十个学年。

因为"学堂"往往由各地书院改制而来,教的依然是儒家经典、纲常伦理之类,"学堂"在精神上其实还和古时候的塾、学联通着。所以,光绪三十一年(1905)袁世凯、赵尔巽、张之洞上书"立停科举",朝廷下诏表示同意时才会说:"科举不停,民间相率观望,推广学堂必先停科举等语,所陈不为无见……总之,学堂本古学校之制,其奖励出身亦与科举无异。"这一方面是给习惯了科举的书生们吃定心丸,另一方面也确实道出了"学堂"一词可代表学制的部分本质。

对此,试图建立一种新的文化价值体系的民国政府当然不想也不会延续。所以,民国元年,还在南京的临时政府教育部下令改革旧有学制,第一条就是为"学堂"改名,"从前各项学堂均改为学校。监督、堂长,应一律通称校长"。不久,民国教育部从南京移至北京,重新梳理了整个"学校"系统,改为初等小学四年,高等小学三年,中学校四年,大学本科三年或四年,预科三年,大学院不设年限。当然,中间还有职业学校、师范学校等。如果以学术为目标一路念下去的话，时间一般在十八年左右。这一时长，比之张百熙奏定的学制短了两年，比我们今天的相应学制，则恰好多了两年。

作为一种教育制度的代名词，"学校"一词，在民国初年的历史语境中，实际上附加了"新制度"的含义，取"学堂"而代之，并一直沿用至今。

（2009年）

皇帝的职业教材

以今天的眼光看,皇帝未尝不是一种职业。只不过这种职业技术要求太高,所以向来是干得好的少,庸庸碌碌甚至严重背离职业目标、破坏职业形象的多。因此,皇帝的职业教育也成了个大问题。诸如"四书""五经"等文化基础课当然多有名家硕儒担当,但是实践环节却比较麻烦,总不能让老皇帝退位三天,让预备役皇帝进行专业实践吧?或许是有感于此,有皇帝就想出了一招:编写当皇帝的职业教材,以古为鉴，学习怎么干好皇帝这个职业。

明代宗朱祁钰就编了一本《历代君鉴》的教材。这本书实际上是由明宣宗宣德五年(1430)的探花、修撰官林文等大臣于景泰四年(1453)预修而成的。代宗皇帝应该是个招标人和验收者的角色，只不过出于可以理解的原因，最后署名权也归了他而已。在职的皇帝编本当皇帝的教材给自己看，似乎有些奇怪——虽然按活到老学到老的俗语来类推，皇帝当到驾崩学到驾崩也说得通，不过说起来，这位代宗皇帝确实有点特殊。

明代宗朱祁钰，就是任用于谦保卫北京，经历夺门之变、英宗复辟的当事人。他是宣宗皇帝第二子，宣宗死后，他的大哥朱祁镇即位，是为英宗，他也被封为郕王。按通俗的说法，朱祁钰的生母身份不高，朱祁钰从小就长于宫外。可以说，他从小就没有接受过当皇帝的职业教育。但是土木堡之变英宗被俘，瓦剌以英宗要挟明室。为绝瓦剌念想，奉命监国的朱祁钰就被推上前台，仓促之间接过皇帝的接力棒，成为了皇帝，次年(1450)改元景泰。

这位景泰皇帝虽然是作为"救火队员"被赶鸭子上架，却似乎挺想干好这份工作的。他重用于谦，召忠义之士回朝堂。在当上皇帝的第四年，他就给大臣下令，编写《历代君鉴》这本速成教材。书编成了，代宗皇帝挺满意，这从他将参与编修的左春坊左谕德兼修撰林文升至左庶子兼侍讲就可以看出来。这时候的代宗皇帝还不可能想到，再过四年他就要经受大哥英宗复辟的惨事。编写《历代君鉴》来加强职业技能与修养，这位景泰帝多少有干一行爱一行的良好职业操守。

《历代君鉴》篇幅浩繁，共五十卷。每卷又有历朝历代皇帝若干，将其代表性的职业事迹整理出来。如此浩繁的篇幅，想要在短时间内完成，只能走走捷径。所以它实际上是根据"皇帝职业教育"的需要，从现成的历代史传中摘抄编辑而成。比如讲宋仁宗的部分，"(宋仁宗天圣)三年，五月，幸南御庄观刈麦，闻民舍机杼声，召问之，乃一贫妇也，因赐以茶帛。

谕辅臣曰：其勤如此而贫，可无恤哉？"就主要摘自《续资治通鉴长编》。

每一位皇帝的小传之前，还特意标注"善可为法"，此语出于司马光编写的《资治通鉴》："删削冗长，举撮机要，专取国家盛衰，系生民休戚，善可为法、恶可为戒者，为编年一书，使先后有伦，精粗不杂。"意思就是提醒皇帝，好的职业榜样，可以照着学习。结束之处，则以"史臣赞曰""史臣论曰"的形式附上史家对这位皇帝的评论。

《历代君鉴》及其编修体例，算得上是一本典型的针对皇帝这个职业的案例式教材。

（2009年）

宋词是怎样变成高雅文学的?

自从"一代有一代之文学"的说法成为我们的"常识"后,所谓唐诗、宋词、元曲、明清小说成了我们对中国古典文学"进化"序列的不二认知,对各个时代文学风貌的直觉想象。我们通常怠于再去思考,这个"一代有一代之文学",其实只是站在历史"制高点"上的后人对之前诸个朝代的一种整体认知而已。它多少是有些唯"进化论"倾向的,而且,它所表达的,是后代对前代的认知,这种认知还是极度"精简"了的。如果以这样的认知去和历史打交道,是行不通的,只要了解稍微深入些,就能觉察出它的局限来了。

比如宋词,我们今天将它视作宋人的代表文学形式,未必有错,但拿它作为"主角"来概括有宋一代文学的整体风貌,就有悖于历史事实了。单单从数量上来说,《全宋诗》所收的作者、作品数量就远远多于《全宋词》。数量当然不代表一切,但是从当时人的认知来说,诗文是"大道",词是"小道",是没有问题的。

事实上,真正用今天的眼光和事物来观察类比,最初的宋词写作就是今天的为流行歌曲作词,从文学的正统观念来说,为流行歌曲作词怎么也算不上"大道"。有个我们很熟悉的典故,柳永"奉旨填词","奉旨"是自嘲,"填词"倒是实情。

说"填词",必然就是有曲调在先。本来词就是用来唱的,唱词是勾栏瓦肆最常见的娱乐活动之一。所以世传有人答苏东坡问,说"柳郎中词,只合十七八女郎,执红牙板,唱'杨柳岸,晓风残月';

学士词,须关西大汉,铜琵琶,铁绰板,唱'大江东去'"。这话后来被视作对柳、苏两人词风的形象说明,其实按照词在当时的主要功用,这话未必没有揶揄的意味:填词本是休闲之用,勾栏瓦肆中十七八女孩儿柔声清唱才是"主流",让几个关西大汉拿着铜铁乐器,大声吼唱,那是军歌不算曲子。

词最初就叫"曲子词",曲是曲调,词是歌词,完整的词是曲调加歌词。作词者照着曲调填词,那些为人赞赏的词传播开来,被人传唱。叶梦得说"凡有井水饮处,即能歌柳词"(《避暑录话》),既是指柳永"填词"通俗,也说明了作为"作词家"的柳永作品受欢迎的程度。

古代没有什么著作权的概念,所以各种曲调可以随手拿来就用。那些曲调的原作者,也就是最初的作曲者往往不被世人所知。有些今天被称作"词牌"的曲调,根本就是"集体创作"的成果,比如知名的"菩萨蛮""浣溪沙",最早都是唐代的教坊曲。有些兼具作曲、作词能力的词人,则得以署名,为后世所知。

比如词牌"如梦令"原名"忆仙姿",是五代后唐庄宗李存勖的"自度曲"。什么叫"自度曲"?按今天的话来说,就是这位皇帝有自己作曲的能力,能够原创。据载,苏轼嫌这个曲名"不雅",取了李存勖原词中的"如梦"二字,改称"如梦令",并按照李存勖的词仿填了两阕。

多年之后,李清照批评晏殊、欧阳修、苏轼这些人所作的词,根本就不合词演唱的要求:"至晏元献、欧阳永叔、苏子瞻,学际天人,作为小歌词,直如酌蠡水于大海,然皆句读不葺之诗尔。又往往不协音律者,何耶?盖诗文分平侧,而歌词分五音,又分五声,又分六律,又分清浊轻重。"她的意思就是说,这几位学问虽高,但是作的词根本就是改了断句方式的诗,根本就没法按照曲调唱出来。本来这个字的位置应该是个拖长了音的"啊",你偏偏填上了一个没法拖长的"呃",怕是憋死了歌声最婉转动人的歌手,也没法唱出味道来。一首好曲子,填了不适合演唱的词,算不得完整的。不过后来越来越多的曲调失传,这些没法唱的词"不协音律"的弱点也就渐渐不再成为弱点。

作为娱乐活动不可缺少的环节之一的"填词",终于在时间的偏袒之下,和"曲调"分离开来,成为纯纸面的高雅文学活动。

(2010年)

老课本里的人文热望

2014年的第一笔,是写在《日课》上的。

《日课》其实是"读库"制作推出的一套日历本。编选者从1902年到1937年出版的上百种民国教科书中选择内容,做成一日一课的形式。2014年1月1日这一"课",采自"新式国文教科书第一册第十九课":从右至左,列的是"天地日月"四个字,四字上方,则是一幅乡村田畈春景之图,红色朝阳正从东边山头露出半张脸,光芒倒映在水面上,而西边,白色的月亮还未落下。成群的鸟儿，从天空飞过。田间路上，已经有乡人挑着担行路，田与水与树，都已经开始绿起来。朴拙的内容，在元旦这个特殊的日子里，似乎有了特殊的感染力。"天地日月"这样习见的字词，也似乎有了某种万象更新、放眼远望的意味。

我其实并没有记日记的习惯，手边也多的是本子可作日记本，多的是各种设备、应用程序可以用来查日历。但还是专门花钱买了一套春、夏、秋、冬四册的《日课》。我并不单纯把它看作一套日记本，而是看作一套由老而新的教材，带着兴趣，让自己重上一年"学"。

《日课》的母本，涉及老课本中国文、修身、社会、常识、字课、音乐、美术等多个学科，内容则多与节日、节气、生活实际相贴合。在朴拙简单的老课本页面里，却能读出对知识背后修身的重视。时序渐渐到七八月之交。7月31日的"日课"，选的是"新撰国文教科书第三册第八课"，题为《赠豆报瓜》："我家种瓜，邻家种豆。邻以豆，赠我家。我以瓜，报邻家。"字词不难，而且多有重复，正适合低年级小朋友学习认字识字，但从成人的眼光看来，邻里之间的"赠"与"报"，瓜豆之交的温情意味、相处之道，显然更值得体味。8月1日的一课，则有些交叉学科的味道，"江岸闲眺，一舟远来，桅上张帆，帆受风，舟行甚速"，并配以观江上行舟的图（"女子国文教科书第二册第七课"）。其中有江边眺行帆、风景画式的美育，也有风帆受力舟行速的物理教育，都是在寥寥的文字与图画中，蕴含了某种对下一代明理并知美、知善的热望、期许。

据说《日课》颇为热销，想来许多人和我一样，买回家去也未必真舍得当日记本涂涂画画。它的风行，其实应该属于早些时的"民国老课本热"的一部分。其中的原因，很大程度上来自对当下教育的反思——脱离单纯的知识灌输，而融会更多人文精神的色彩，从人之常情出发，形成对于真、善、美乃至公民意识、科学精神的体认。

如此，我倒想起4月出版的一本书《我们怎样读书》来。此书其实是民国时期教育家范寿康先生在20世纪30年代所编成之书的再版。彼时，范先生在浙江上虞春晖中学主持校务，此书原是应春晖中学学生的需求，并考虑到"我国一般中等学生之需求"，而编写的课外参考书。此书所编选的第一篇——梁启超的文章《为学与做人》——恰可以回应当代人的疑惑与反省：

> 问诸君："为什么进学校？"我想人人都会众口一词的答道："为的是求学问。"再问："你为什么要求学问？""你想学些什么？"恐怕各人的答案就很不相同，或者竟自答不出来了。诸君啊！我请替你们总答一句罢："为的是学做人。"你在学校里头学的什么数学、几何、物理、化学、生理、心理、历史、地理、国文、英语，乃至什么哲学、文学、科学、政治、法律、经济、教育、农业、工业、商业等等，不过是做人所需要的一种手段，不能说专靠这些便达到做人的目的。任

凭你把这些件件学得精通，你能够成个人不能成个人，还是别个问题。

…………

诸君啊，醒醒罢！养足你的根本知识，体验出你的人格人生观，保护好你的自由意志，你成人不成人，就看这几年哩。

梁启超先生1922年的这篇演讲，今天依然能够落在我们的心坎上，那么贴切地解答我们今天教育的问题。它说明，在教育的问题上，我们并没有比百年前的前辈们更清醒的思考与认识，甚至犹有后退。在这一类似于总纲的文章之下，才有《我们怎样读书》的后几编：怎样学习国文，怎样学习历史、地理，怎样学习数学和自然科学，等等。八十年前出现了中学生的参考书，其实说明那时候的人们也存在疑惑，那时候的学者、师者们同样在思考这样的问题，所不同的是，那时候的教育的实践者们更愿意将这种思考与学生们分享。

显然，从当年的《我们怎样读书》到如今民国老课本再版、《日课》这样的出版物热销，说明人们对于教育育人、立人的本质是有共识的，对于"求学问"与"学做人"的关系问题，也不乏深刻的认识。不过，认识归认识，深刻清醒的认识却未必能够真正发挥促进实践的作用。"学做人""求学问"的主次关系，很多时候，显得并不清晰。人们对这个问题的思考停留在认识的层面上，并不致力于贯彻到学前、小学、中学甚至大学教育中，而是寄望于有一天我们个体能在迷茫中反躬自省，重新认识"学做人"与求学问。这种"反躬自省"的效果当然是存在的，那么多人在讲到自己为什么要读"民国老课本"、《日课》甚至《我们怎样读书》时说是回归与补课，但于一个个成人而言，这种"反躬自省"的效果却又是可疑的。神话传说让人们知道了补天之难，而补人格之天，为自己补上梁启超先生所说"成人"这一课的难度，未必就小到哪里去。

这些年，因为职业的关系，我比较关注一些作家的动态，与他们有所交流。经常碰到的一种情况是：某位作家又收到了一批素不相识的学生的"抱怨"——原来是他的作品又被选到某份试卷中，成为一组填空、一组概括段落大意的试题……而作家当中常见的自嘲则是：由自己的作品编出来的语文试题，自己也答不到及格分。

过去称国文、现在称语文的这门课程，其实是一门培养人感受美的能力、由情感与欣赏入手塑造人格的课程。许多作家的作品，不仅不能通过条分缕析、填空归纳感知到其中的动人之处，作品反而会因此变得支离破碎而失了美感。

说到底，身在其中的人，须得有一种超然之心。这种人或许本身就需要来自一个富于张力的灵魂，比如与范寿康一样，曾于民国时期在春晖中学任教的夏丏尊、丰子恺、朱自清等人。他们都能以其文学作品跻身现代文学史，但支撑这些作品的，恰恰是他们各自有张力的精神世界。与作家的身份相比，他们教师的身份，或许更为重要。

在这些前辈先贤堪称漫长的教育生涯中，他们不断将自己的教育经历记录下来，通过笔讲述与总结他们的教育经验，并以专门的教学论著的形式保存下来。如夏丏尊就有自己独立写成或合作出版的语文教学方面的专门论著《文章作法》《文艺论ABC》《文心》《文章讲话》等四部，朱自清有《国文教学》《读书指导》《新诗杂话》《语文拾零》《标准与尺度》《论雅俗共赏》《语文影及其他》等多部，这些论著在教育领域大多都较为著名。以散篇出现的散文而论，夏丏尊专门就教育这一主题写了《我的中学生时代》《"你须知道自己"》《受教育与受教材》《悼一个自杀的中学生》《关于职业》《"自学"和"自己教育"》《教育的背景》等文章；丰子恺也曾写了《英语教授我观》《我的苦学经验》等作品讲述自己的教育思想与学习经验，其中穿插了教育经历、讲述求学与教育经验的散文作品更是数量可观。他们的许多作品，比如朱自清的《背影》等，唯有放到这样的背景下，才更能觉出其中的意义。

热望所在，也正是问题所在。正如夏丏尊于20世纪20年代在他翻译的《爱的教育》的序言中所写的：

> 学校教育到了现在，真空虚极了。单从外形的制度上、方法上，走马灯似的更变迎合，而于教育的生命的某物，从未闻有人培养顾及。好像掘地，有人说四方形好，有人又说圆形好，朝三暮四地改个不休，而于池的所以为池的要素的水，反无人注意。教育上的水是什么？就是情，就是爱。教育没有了情爱，就成了无水的池，任你四方形也罢，圆形也罢，总逃不了一个空虚。

但热望在，也正说明了人们对于问题的态度。这也是我们对于未来的希望所在。

（2014年）

千年往事凭诗见

"六十年间万首诗",看起来似乎像道计算题:几乎每两天写一首诗。当然,我们知道,诗不能这么读,诗的作者陆游老先生也无意让我们这么读。"脱巾莫叹发成丝,六十年间万首诗。排日醉过梅落后,通宵吟到雪残时",与其说是诗人在透露一生诗作的数量,不如说是在自陈一种与诗歌紧密相连的生活方式。

与今天"诗人"成为职业身份不同的是,在古典诗歌的时代,诗人更多代表的是一种生活方式。诗几乎是一种介入甚至记录日常生活的文体，所以有孟浩然名传千古的"干禄"诗《临洞庭湖赠张丞相》。诗作数量在宋代居冠的陆游，则更堪称典型。而写诗，很多时候并不是为求利，甚至不是为求名，许多诗人结集却不外传——把写诗比作呼吸饮食，或许是夸大了，但将它视作他们生活的一部分，却并无大问题。

从古至今累累的诗文集恰也说明，无论如何，古人都意识到了，身体易朽，文章不朽。而在与日常生活联结的层面，文章之中这样的不朽，以诗为盛。

所以，如果我们尚有对那些远隔千年的先辈前贤的"好奇"，读诗，该称得上是最贴近他们的方式。从军边塞，风沙曾经怎样卷过诗人的面庞？明月几度，他们曾经有怎样曲折的思乡心绪？亲见兴亡，身经乱离，他们又曾如何面对、思量？我们所不见的千年往事，称得上"第一手"见闻感悟的，常在那浩如烟海的诗篇里。

又怎么能不"好奇"？他们所经所历，甚至他们本身，就是今天的我们所来自的地方。我们看待世界的方式，我们面对事物的态度，隐隐传承于由他们构成的沧桑历史，由他们层叠的文化积淀。这种"好奇"，正是"我从哪里来"的好奇。即使不是所有人，大多数人，在人生到达一定阶段时，常会产生探寻"我从哪里来"的冲动。辨明来路，近乎本能。

古典诗词里，就有我们的来路。

比如，我们曾经对离别充满怎样慎之重之的感情。"渭城朝雨浥轻尘，客舍青青柳色新。劝君更尽一杯酒，西出阳关无故人。"中国地域广阔，在交通尚不发达的古代，相见难，别亦难，有可能渭城一别，就一生关山阻隔再不能见。"西出阳关无故人"实际上是西出阳关故人远，这样重视离别的情感，在千百年历史中是一以贯之的。其中隐含的"折柳"典故，早可以追溯自"昔我往矣，杨柳依依。今我来思，雨雪霏霏"，晚可以绵延至李叔同的"长亭外，古道边，芳草碧连天。晚风拂柳笛声残，夕阳山外山"，鲁迅的"却折垂杨送归客，心随东棹忆华年"。

中国古典诗歌的"典故"，以初衷而论，从众多用得妥帖自然的作品来说，并不是为了增加阅读难度，而是巧妙地借用了人们心照不宣的共同意识，用最简洁的字句，铺展最广的情感基础，传达尽可能丰富的含义。这样的"心照不宣"，绵延的"共同意识"，不读诗，又何以知，何以感？

在古典诗词里，常留存着前人先辈对他们所处时代遭逢的回应。而这些回应，又何尝不在影响着今天的我们。即使是《长恨歌》这样记述爱情故事的诗歌也不例外。据记载，白居易创作《长恨歌》的缘由，是有人告诉他，如李杨故事这样的"希代之事，非遇出世之才润色之，则与时消没，不闻于世"。在这个故事不"与时消没"、长"闻于世"上，白居易的《长恨歌》居功至伟。其中的抨击讽喻与同情赞美并存之意，让后人越千年而得见当时人对这段史事的观感，也影响了后人对这段故事的态度。"养在深闺人未识""在天愿作比翼鸟，在地愿为连理枝。天长地久有时尽，此恨绵绵无绝期"等更成为后来文学语言中常用的一部分。

这种存续的力量，虽在不经意间，却坚韧非常。因为一句"落霞与孤鹜齐飞，秋水共长天一色"，虽屡毁却屡建二十多次，至今仍存的滕王阁，或许最懂得这种力量。毕竟，千年以降，多少楼阁早已雾散在时空里了。

（2014年）

"唱反调"的古诗和诗人们

一千一百多年前,诗人杜牧面对一柄锈戟,有感而发,对三国时的赤壁大战作了一个假设:"东风不与周郎便,铜雀春深锁二乔。"(《赤壁》)他想的是,如果没有东风的天时,曹操的舰队没被摧毁,那么,赤壁大战的结局或许就要改变了,东吴被征服,二乔可能也要作为战利品被带回北方。赤壁大战可以说是周瑜最具传奇色彩的一战,后人也多以此褒扬其军事才能。但六百余年之后,胸怀抱负、才兼文武的"小杜"

却故意唱了个"反调",也就是在诗里反问了一把:周瑜如果没有那场东风的帮助,恐怕也打不赢赤壁之战吧?这个唱得很是刁钻的"反调",看似在为难古人周瑜,实际上,恐怕还有这个自负知兵的人在慨叹自己没有周瑜那么好的机运、怀才不遇吧。

古诗"唱反调"的类别,表面上,往往是"怀古",也就是针对更古时候的人和事,但细究起来,其实往往是在与自己身处时代的人事观念"唱反调"。比杜牧晚生三十年的晚唐诗人皮日休,有首唱得更响亮的"反调"——《汴河怀古(其二)》:"尽道隋亡为此河,至今千里赖通波。若无水殿龙舟事,共禹论功不较多。"

这首以"怀古"为名的诗,实际上是在和大众观念"拔河":从来都说("尽道")隋朝的灭亡是因为开凿这条大运河时的强征暴敛,但是你们看看,到今天依然"千里赖通波",依我看,要是没有水殿龙舟的事情,仅说开凿这条大运河,隋炀帝的功劳都赶得上大禹了。

照着诗歌原文念念,或许感觉还不是那么明显,因为古诗的韵律就吸引了我们一部分注意力。但把它"翻译"一下，让这首诗的观点直接暴露在我们面前，设身处地地想想，这个"反调"是不是唱得有点"惊世骇俗"的味道了？这位诗人唱"反调"的可不止这首，在另一首"怀古"诗里，他好好"为难"了勾践一把："越王大有堪羞处，只把西施赚得吴。"（《馆娃宫怀古》）

爱唱反调的，可不只杜牧、皮日休这样的唐朝诗人，宋代也不乏其人。而且就社会氛围来说，宋朝诗人们的"反调"唱得比唐朝还要多，因为即使对今人来说，宋朝仍可算是一个有些特殊的朝代。这个朝代虽离今天已远，但好像有些比其他任何朝代都贴近今天的气息。开封、临安，水浒、话本、交子……诸多意象交织，构成了一个历史中的宋代。有人说在宋朝时中国的商品经济就已经相当发达，也有人说在宋朝时中国就出现了资本主义萌芽，甚至有人认为宋朝是中国历史上经济最繁荣、科技最发达、文化最昌盛、艺术最精致、人民生活最富裕的朝代，中国帝制王朝的顶峰应该是宋朝而不是唐朝。但是，"富而不强"

也几乎成了宋朝的代名词。后人总结原因，认为主要是因为当时的社会风气太重文治，不重武功。但对文人来说，这是一个值得向往的时代。因为唯有在这个时代，中国文人才把大道与小情寄于一身而非废去一端。

所以，宋朝"唱反调"的人比之唐朝有过之而无不及，"规模"和"形式"也大加发展。挑个典型来讲，不妨看看王安石的《明妃曲》："明妃初出汉宫时，泪湿春风鬓脚垂。低徊顾影无颜色，尚得君王不自持。归来却怪丹青手，入眼平生几曾有；意态由来画不成，当时枉杀毛延寿。一去心知更不归，可怜着尽汉宫衣；寄声欲问塞南事，只有年年鸿雁飞。家人万里传消息，好在毡城莫相忆；君不见咫尺长门闭阿娇，人生失意无南北。"

这位名垂千古的改革家似乎也乐于改改千年的论调，在这首诗里一下子颠覆了两个常见的观点。一个是为毛延寿"平反"：都说是毛延寿怀恨作弄王昭君，以致昭君被误选出塞和亲。但是想想，再好的画师也没法画出人的"意态",又凭什么去怪毛延寿呢?岂不是枉杀了他?另一个则似乎是在隔着时空劝解王昭君:其实要说失意,哪有什么南北之分,你看被汉武帝锁禁在长门宫中的陈阿娇,身在汉家宫廷,不也照样伤心吗?因为这样的"反调",这首诗被视作历来咏昭君最好的诗。

不过显然,王荆公在这首诗里"反调"唱得还不过瘾,因为他接着又写了一首《明妃曲(其二)》,继续和庸常观点"作斗争"。这首诗里,他猛地爆出一句"汉恩自浅胡恩深,人生乐在相知心",继续"劝解"王昭君的同时也"棒喝"同时代的人们:人生最重要的在于相知,从这点上说起来,塞外胡人们对王昭君的恩义,可比汉家朝廷来得深啊。这一句一出所引来的汹汹物议,可想而知。

更有意思的是,或许是嫌王安石一个人"唱反调"唱得没有规模,王安石老师辈的大文人欧阳修也参与了进来,一下子作了两首诗,即《和王介甫明妃曲二首》。

（其一）胡人以鞍马为家，射猎为俗。泉甘草美无常处，鸟惊兽骇争驰逐。谁将汉女嫁胡儿，风沙无情貌如玉。身行不遇中国人，马上自作思归曲。推手为琵却手琶，胡人共听亦咨嗟。玉颜流落死天涯，琵琶却传来汉家。汉宫争按新声谱，遗恨已深声更苦。纤纤女手生洞房，学得琵琶不下堂。不识黄云出塞路，岂知此声能断肠？

（其二）汉宫有佳人，天子初未识。一朝随汉使，远嫁单于国。绝色天下无，一失难再得。虽能杀画工，于事竟何益？耳目所及尚如此，万里安能制夷狄！汉计诚已拙，女色难自夸。明妃去时泪，洒向枝上花。狂风日暮起，漂泊落谁家？红颜胜人多薄命，莫怨春风当自嗟。

大文人各有各的气象，这两首诗不拘格套地引入了古文的风华，"反调"也唱得更为悲凉慷慨。第一首里，欧阳修长叹一声：人们都说昭君的琵琶曲动人心魄，能让胡人听了也叹息不已。但这是因为她弹出了她自己流落天涯的身世。在她身后，琵琶曲传到汉地，那些弹奏的女子不出闺门，不下厅堂，不识"黄云出塞路"之苦，如何能够理解这曲中的断肠意，又如何能弹出这意绪来呢？这一首唱的是琵琶曲的"反调"，第二首唱的则是汉家朝廷的"反调"：昭君一去难返，你杀个画工于事又有何补？反倒要问问你，在你耳目所及之处你都如此不明，又何谈万里制夷狄呢？说来说去，不过是计拙已极，拿女色遮掩罢了。

千年以来，人们对于王安石、欧阳修们的"反调"怀古不论是同意还是不同意，我想，我们都得承认，这一曲曲的"反调"，即使放到今天，也未必过时。这些深有意蕴的古诗篇章，这些古代诗人在"反调"里表现出来的"创新意识"，和背后隐含的胸怀抱负，值得我们细细思量。

（2015 年）

秦关汉月参生死

首都博物馆里,"五色炫曜"展尚在开放中。这个南昌汉代海昏侯国考古成果展,或许是近年来继故宫石渠宝笈特展展出《清明上河图》之后,最受大众关注的文物展览了。

专家们看门道,兴奋于新的考古发现对历史的补充重建,尤其是新发现的竹简木牍的研究价值。而像我这样的外行,最津津乐道的话题,则不免会集中在出土文物的数量丰富、形式多样上,且容易被金灿灿的金饼、马蹄金夺去视线。据说,这回出土的金器数量是目前汉代考古之最。尽管就价值而论,未必有大家想象的那么高,但它展示时的炫目场景,却还是超出大部分人的想象。

让人不得不感叹的是,这位先封王,后为帝,再是平民,接着为侯的刘先生,短短三十三年的人生经历超乎寻常的丰富不说,千年之后,还向大家展示了那时统治阶级上层的豪奢图景。

不过,展览解说里其实也提到了,这和汉代人事死如事生的丧葬观念有关。这句话简单,但简单的观念到极致,大概就是海昏侯国考古出来的这个样子了,其墓葬繁复隆重令人咋舌。那时候,人们还相信,人死后会在另一个世界,就像生前一样生活。用现在的话来打个比方,死亡,不过就是搬家到了另一个地方。所以,得尽量按照生前那样,布置生活空间、用具。这种观念影响深远,哪怕是佛教传入中国,轮回观念逐渐被许多人接受之后,也没彻底改变。即使到现在,也未必就失去影响。这种"事死如事生"的观念,《史记》中关于秦始皇陵的记载也可见一斑:"宫观百官奇器珍怪徙臧满之""以水银为百川江河大海,机相灌输,上具天文,下具地理""以人鱼膏为烛,度不灭者久之"……秦汉相因,汉代比秦代生产力更发达,风气也就可想而知了。

对王族来说,厚营陪葬、高树坟茔的负面效果,一时或许还不那么明显。但对一般人家,后遗症登时就立现了。东汉明帝时,还专门批评了这种风气,特地"申明科禁":"今百姓送终之制,竞为奢靡。生者无担石之储,而财力尽于坟土。伏腊无糟糠,而牲牢兼于一奠。糜破积世之业,以供终朝之费,子孙饥寒,绝命于此,岂祖考之意哉!"(《后汉书》)财力全耗在了丧葬上,累世之业一朝用尽,自己连糟糠都吃不上了,祭奠的仪式上却还得强撑着以牲牢为祭品。读完这封诏书,几乎可以想象出汉明帝痛心疾首、发声劝诫的样子了。

不过,这种风气的形成,原因并不在普通百姓那里。早八十多年,载于《汉书》的另一个汉朝皇帝的诏书，已经可以说明其中的社会背景与发展过程："方今世俗奢僭罔极，靡有厌足"，公卿列侯亲属近臣"奢侈逸豫，务广第宅，治园池，多畜奴婢，被服绮縠，设钟鼓，备女乐，车服嫁娶葬埋过制"，四方"吏民慕效，浸以成俗"。经济社会迅速发展，俗世生活日渐奢侈无度，从权贵豪强到四方吏民，慢慢都浸淫了这种风气。从生者的豪宅，到亡者的墓葬，都是一样的道理。所以，这封诏书提出，不从上到下改变风俗，"欲望百姓俭节，家给人足，岂不难哉"。

奢侈无度，总是不能持久的，尤其是到了汉末战乱频仍、社会生产遭到极大破坏的情形下。所以，窥视这一风气的转变，这一时代的风云人物，从政治、军事到思想文化都不失为领头人的曹操，是个重要的观察对象。

曹操临终前曾留有《遗令》，也就是今天所称的遗嘱：

> 吾夜半觉小不佳，至明日饮粥汗出，服当归汤。

吾在军中持法是也。至于小忿怒，大过失，不当效也。天下尚未安定，未得遵古也。吾有头病，自先著帻。吾死之后，持大服如存时，勿遗。百官当临殿中者，十五举音，葬毕便除服；其将兵屯戍者，皆不得离屯部，有司各率乃职。敛以时服，葬于邺之西冈上，与西门豹祠相近，无藏金玉珠宝。

吾婢妾与伎人皆勤苦，使著铜雀台，善待之。于台堂上安六尺床，施繐帐，朝晡上脯糒之属，月旦十五日，自朝至午，辄向帐中作伎乐。汝等时时登铜雀台，望吾西陵墓田。余香可分与诸夫人，不命祭。诸舍中无所为，可学作组履卖也。吾历官所得绶，皆著藏中。吾余衣裘，可别为一藏，不能者，兄弟可共分之。

这封遗嘱，颇显这位易代之际的风云人物"不羁"的一面，对自己死后诸事的安排，简直有抓小放大之嫌疑，絮絮叨叨讲身后殓葬时不要忘了给自己戴上头巾，妻妾们如何分香卖履维持生活，如何处理衣物，倒更能见出真性情。

"天下尚未安定，未得遵古也。"曹操所说的"古"是什么呢？很明显，是他觉得不合时宜也不必再遵循的厚葬之风。有职司者葬毕除服、不离岗位、不废公事，墓中不葬金玉珠宝，显然已经有了转变风气的考虑。甚至连铜雀台上使人作伎乐，虽然看起来有汉代风气的余绪，也未尝不是为安置那些"婢妾伎人"考虑。

秦关汉月，到这时，终于迈过了生死间一道关于俭与奢的坎儿。

（2016年）

远征的诗篇

"红军不怕远征难,万水千山只等闲"……1935年10月,毛泽东率领的中央红军长征即将胜利。他回身反顾,目光透过时间,用诗句把两万五千里征程上的伟大足迹串联在一起,写下著名的《七律·长征》。

"五岭逶迤腾细浪,乌蒙磅礴走泥丸",《长征》的第一串脚印,落在逶迤的"五岭"上。五岭,是我国南方的长江与珠江两大水系的分水岭。与秦岭这分隔黄河、长江水系的"北岭"相对,它也被称为"南岭"。

1934年年底，中央红军主力自中央苏区出发长征，越五岭，开始艰苦卓绝的远征战斗。《长征》是这段血与火交织的艰辛历史升华出的诗篇。

长征，结出了1935年的《长征》诗篇。但那时，不少军团的远征仍未结束。而更多地方，艰苦卓绝的战斗也还在继续。稍晚于《长征》，写在梅岭之上的《梅岭三章》，正是历史为那段岁月留下的另一组激荡人心的诗篇。

今天，从广东南雄的梅关古道沿石阶而上，山巅关口可见碑刻"梅岭"两个大字。梅岭，即大庾岭，位于赣粤交界处，就是《长征》中"五岭逶迤腾细浪"所指"五岭"之一。当年，在红军主力长征的同时，一部分部队奉命留在根据地开展游击战争。尽管采取了不同的斗争形式，但对中国革命而言，他们的战斗也称得上是另一种"长征"，同样艰险，同样百战余生，同样考验信仰。

"断头今日意如何？创业艰难百战多。此去泉台招旧部，旌旗十万斩阎罗。"（《梅岭三章》其一）

1936年年底，率部在赣粤交界处开展游击战的陈毅，于伤病之际，被敌人围困于梅山之上，"伏丛莽间二十余日，虑不得脱，得诗三首留衣底"。《梅岭三章》，可以说是革命家陈毅在绝境中回顾往昔生涯、言说志向心声的诗篇。《梅岭三章》也是文学史上的名篇、革命题材的动人诗章。这生于绝境中的诗章，动人之处不是它生于绝境，而是它在绝境中依旧雄壮，真正展现了信仰的万千气象与力度。

"南国烽烟正十年，此头须向国门悬。后死诸君多努力，捷报飞来当纸钱。"（《梅岭三章》其二）我们熟悉"革命乐观主义"这个词，但要真切去体会它，《长征》与《梅岭三章》可算得上传达得最淋漓而形象的。长征并非不艰难，敌人包围中的战斗并非不残酷，但毛泽东和陈毅，两位革命家在天南地北、不同时间写下的诗篇，却传达出共同的"只等闲"的气概。这样的"乐观"，并非无视现实，而是已经深刻认识到现实的艰难困苦甚至牺牲，经历它、直面它，却依旧保持了对理想的由衷信仰与热情。

"投身革命即为家,血雨腥风应有涯。取义成仁今日事,人间遍种自由花。"(《梅岭三章》其三)有人说,没有经过悲伤洗礼的乐观是靠不住的。信仰与理想,或许也可以借用这样的说法。最可贵的,是洞悉所要面对的艰难、所要付出的代价,却仍不改其志、信仰坚定。孔子夸颜回之贤,说他"一箪食,一瓢饮,在陋巷,人不堪其忧,回也不改其乐"。颜回之"乐"在于乐古人之"道",两千多年后的革命者呢?"取义成仁"同样传承自我们民族所褒扬的传统,但新的时代又赋予它新的含义。

今日的"取义成仁"与来日的"遍种自由花"之间,是耀眼的初心。"人间遍种自由花",《梅岭三章》第三首里这一番终场告白,是这组诗革命乐观主义气质真正的由来,也可以当作革命时代那许许多多让我们动容的革命者的心灵密码。

而有这组密码,我们不只能解码当年,也能解码今天。"不怕远征难",长征的精神,和那些诗篇一样,并不会随时间流逝。

上世纪80年代末，在梅岭往西一千多公里的云南施甸，一位退休老人开始了他的"长征"。他推却了去省城安享退休生活的邀请，回老家，登上大亮山，开始办林场，植树。大亮山，在许多当地人的印象里，就是"光秃秃的山"。山光秃秃的，留不住水土，靠着山的人也难免穷困。在外任职时，老家人要走老人的门路办事，他总是婉拒。但这一回，退休了，他决定为家乡办件事，"种树扶贫"，让大亮山变绿，让大亮山的乡亲日子好过些。

他回乡签字，成了"国社联营林场"的义务承包人，从此在茫茫大亮山上开始住油毛毡棚、挥锄种树的日子。山上最初没有路，运树苗、物资都需要人扛马驮，他经常一边赶着马，一边挑副担子，在山里一走就是大半天。这一走，一种，就是二十二年。走完他为自己选定的"长征"路时，满目荒山成了林海：五万六千亩人工林、一万六千亩杂木林、七百多亩茶叶、五十亩澳洲坚果、一百亩美国山核桃……临终前，老人还嘱咐林场职工，要管好林子，要把林场的收益分给群众,不能让群众吃亏。这个老人,叫杨善洲。大亮山林场,如今叫善洲林场。二十二年,这也是一段"长征",荒山成林海,也是一组无声的诗篇。

时间的河,从20世纪30年代一路流来,不同时代的人,以不同的形式努力着,却展现出共同的精神底色,同样炽热的坚持与向往。"我们每代人都要走好自己的长征路。"这是长征向未来发出的声音。

(2016年)

能饮一杯无?

霜降之后,"秋裤地图"开始流传,哪里是最低气温低于零下 10 摄氏度棉裤已经登场的,哪里是低于零下 5 摄氏度秋裤已经上身的,哪里是该预备秋裤的……经霜之后,不久就是立冬,该过冬了。事实上,进入 11 月,不少地方已经经过初雪。搓手哈气的时节,到来了。

该怎么过冬呢?动物会冬眠。人间当然也有俗语,叫"睡不醒的冬仨月"。寒冷的季节,最要紧的事就是节省能量、保持温暖了。睡眠是最经济的一种。不过，我能想到的更温暖的场景，却来自一首诗："绿蚁新醅酒，红泥小火炉。晚来天欲雪，能饮一杯无？"白居易的《问刘十九》，暖不暖？

要是小雪天气，读起这样一首小诗，浅白得让你全无理解的压力，深邃得又像余音韵味无穷，如果这时候正好有个朋友上门来，会不会让你觉得世界都暖融融起来？

有种说法，说白居易这首诗作于他在江州司马任上。这一时期，白居易还有一首《刘十九同宿时淮寇初破》："红旗破贼非吾事，黄纸除书无我名。唯共嵩阳刘处士，围棋赌酒到天明。"两首诗里的刘十九，就是和白居易通宵对弈酌酒的嵩阳刘处士。

任江州司马这一段时间，其实是白居易人生的低谷，"同是天涯沦落人，相逢何必曾相识"的《琵琶行》，就是泪湿青衫的江州司马所作。但这个时期，也是他闲适诗产出颇丰的时期。比如，在此期间，他还写过《招东邻》一诗："小榼二升酒，新簟六尺床。能来夜话否，池畔欲秋凉。"应该是夏天天气还热的时候吧，白居易在池边铺好纳凉的竹席，备好酒，然后写封短笺问邻居朋友："能来夜话否？"

"能来夜话否？""能饮一杯无？"《招东邻》这首诗，名气比《问刘十九》要小得多，但无疑有异曲同工之妙。所以，关键哪里是什么天冷天热，关键是有个可以短笺相邀、围棋赌酒的朋友啊。

写一封短笺，就能唤来老友。"能来夜话否"，还问能来不能来；"能饮一杯无"，就不问能来不能来，直接问这一杯酒喝不喝了。有这种人情之适意，实在是天热可以凉，天寒可以暖。

还冷吗？这一刻的白居易应该是不冷的吧。晚来天欲雪，很冷，可是有红泥小火炉，有把酒言欢的朋友，自然是不会冷了。而大雪夜里不但不怕冷，还任性出行访友的人，也大有人在。我能想起来的，至少有王徽之——"书圣"王羲之的第五子。

南朝刘义庆的《世说新语》里记载他雪夜访戴的轶事："王子猷居山阴，夜大雪，眠觉，开室命酌酒，四望皎然。因起彷徨，咏左思《招隐诗》，忽忆戴安道。时戴在剡，即便夜乘小船就之。经宿方至，造门不前而返。人问其故，王曰：'吾本乘兴而行，兴尽而返，何必见戴？'"

《世说新语》把这则故事放在"任诞"门类里，意为任性放纵。大雪之夜，王徽之特意乘着小船，从绍兴城里赶一宿路到嵊州去，到了戴逵门前却又不告而返，确实够任性、够放纵。不过也不能不承认，按王徽之这真情流露的劲儿，能顶着大雪赶夜路去拜访，也算得上是真朋友了吧——算得上有情自然暖。

王徽之这任诞，其实颇有几分纯真天然的痴劲。说到"痴"，这个字在明末的张岱身上也出现过：

> 崇祯五年十二月，余住西湖。大雪三日，湖中人鸟声俱绝。是日更定矣，余拏一小舟，拥毳衣炉火，独往湖心亭看雪。雾凇沆砀，天与云与山与水，上下一白。湖上影子，惟长堤一痕、湖心亭一点、与余舟一芥、舟中人两三粒而已。到亭上，有两人铺毡对坐，一童子烧酒炉正沸。见余大喜，曰："湖

中焉得更有此人!"拉余同饮。余强饮三大白而别。问其姓氏,是金陵人,客此。及下船,舟子喃喃曰:"莫说相公痴,更有痴似相公者!"

这一篇,正是晚明小品名篇《湖心亭看雪》,出自张岱的著作《陶庵梦忆》。大雪三日后,雪停时正冷,张岱独往湖心亭,天寒地冻去看雪,哪怕拥毳衣炉火,也难免被船工笑"痴"。不过想不到的是,湖心亭上居然早有两个金陵客铺毡热酒对饮看雪——又是两个不怕冷的。

晚明的《湖心亭看雪》和"王子猷雪夜访戴"这则晋代故事,常被并举,实在不是什么意外的事。不过,王子猷和戴逵是旧相识,张岱与金陵客就完全是陌生的天涯同路人了,也是船工眼里的一群痴人。到湖心亭这里,就该说天涯不孤独、有痴情自然暖了。

有炉火,有热酒,有朋友……那么,就可以等着看雪了,且发一条讯息:"晚来天欲雪,能饮一杯无?"

(2016年)

"营造"在李庄

仲冬时节,天气日寒。上距岷江与金沙江交汇处十多公里,四川宜宾的古镇李庄,因为正好在长江之畔,水汽充足,寒意愈发浓了。

想到1940年冬天,差不多也是在这个时候,林徽因带着家人——她年迈的母亲和一双年幼的儿女到达李庄。需要这样讲,李庄的林徽因,不是我们在那些惯见的文学与影视作品里所看到的林徽因,既无关"人间四月天",也无涉"太太的客厅"。但这个林徽因，甚至比多年后作为国徽设计者之一的林徽因还要值得人回味。或者应该这样讲，如果不了解林徽因在李庄及其前后的岁月，那么，后人所知的林徽因，只是被娱乐化了的那部分，即使不算变形，也只能算是并不紧要的一地碎片。

林徽因在李庄的岁月，其实是被日寇侵华战争改变的人生轨迹。她是作为中国营造学社的一员，从昆明迁往李庄的。这也已经不是她和家人的第一次逃难了。他们最初从北平辗转到长沙，又在长沙的空袭中逃往昆明。1940年，日军把注意力放到了昆明，空袭愈加频繁。昆明也无法逗留了。战争的形势日趋严峻，在战乱里生活也愈加艰难。几经波折，林徽因所在的中国营造学社决定去李庄落脚。

有必要说说中国营造学社了。这个主要从事中国古建筑调查与研究的民间学术团体，于1930年由曾任北洋政府代理国务总理的朱启钤倡导创办。之所以称"营造"而不用"建筑"，如朱启钤所说："顾以建筑本身，虽为吾人所欲研究者最重要之一端，然若专限于建筑本身，则其于全部文化之关系，仍不能彰显。故打破此范围，而名以营造学社，则凡属实质艺术，无不包括。"学社成立不久，梁思成和林徽因加入，分别为法式部主任与校理。

营造学社是篇大文章，从抗战前到抗战后，它的兴衰成就及参与的人物，许多都值得特意着墨。而战乱中，又是不可忽视的一个篇章。在战乱中，人如星火，聚而散，散而聚，明明灭灭。梁思成、林徽因等，可算是营造学社坚韧的象征之一。

因为梁思成行前染病留养，林徽因带着老幼随中研院史语所先行出发。从昆明迁往李庄，翻山越岭，渡河过江，一路艰辛自不待言。幼子梁从诫后来回忆："这条路线，即使今天坐卡车拖儿带女跑一趟，许多人恐怕都吃不消，何况六十年前！当年，没有父亲同行，这一路对于身体本来瘦弱的妈妈是怎样的艰苦，我简直难以想象。"

此时，小小的本来只有三千多居民的李庄，已容纳了同济大学等文教机构的上万人。镇上及镇外的宫观等稍成规模的处所早已住满了人。营造学社只能在郊外的月亮田找到一个小院落栖身。梁思成之女梁再冰多年后回忆："我们的生活条件比在昆明时更差了。两间陋室低矮、阴暗、潮湿，竹篾抹泥为墙，顶上席棚是蛇鼠经常出没的地方……我们入川后不到一个月，母亲肺结核症复发，病势来得极猛……从此，母亲就卧床不起了。尽管她稍好时还奋力持家和协助父亲做研究工作，但身体日益衰弱……家中实在无钱可用时，父亲只得到宜宾委托商行去当卖衣物，把派克钢笔、手表等'贵重物品'都'吃'掉了。父亲还常开玩笑地说：把这只表'红烧'了吧！这件衣服可以'清炖'吗？"

人总是向往幸福的，经历磨难并不是什么好事情，但唯有在磨难中，才能见出坚韧。在不得不面对的情况下，是在磨难中沉沦还是咬牙挺起腰板来，是成功者与失败者重要的区别。在那离乱的岁月里，在李庄艰苦的生活中，营造学社寥落的同人，依然努力做着自己挚爱的工作。梁思成、林徽因和他们值得钦佩的同人们，在月亮田的简陋院落里完成了《中国建筑史》《图像中国建筑史》等一批业内经典著作。

梁思成在写给朋友、美国汉学家费正清夫妇的信里说："……很难向你描述也是你很难想象的：在菜油灯下，做着孩子的布鞋，购买和烹调便宜的粗食，我们过着我们父辈在他们十几岁时过的生活但又做着现代的工作。……南迁以来，我的办公室人员增加了一倍。而我又不能筹集到比过去两年中所得到的还要多的资金。我的薪水只够我家吃的，但我们为能过上这样的好日子而很满意。我的迷人的病妻因为我们仍能不动摇地干我们的工作而感到高兴。"事实上，营造学社之迁往李庄，也是为了利用史语所的资料继续进行研究工作而不得不作出的决定。

1942年冬天，费正清到李庄探望梁思成、林徽因夫妇。他后来回忆时感慨："我为我的朋友们继续从事学术研究工作所表现出来的坚韧不拔的精神而深受感动。依我设想，如果美国人处在此种境遇，也许早就抛弃书本，另谋门道，改善生活去了。但是这个曾经接受过高度训练的中国知识界，一面接受了原始纯朴的农民生活，一面继续致力于他们的学术研究事业。

学者所承担的社会职责，已根深蒂固地渗透在社会结构和对个人前途的期望中间。"至抗战胜利时，林徽因仍在病痛中写完《现代住宅设计的参考》，在《中国营造学社汇刊》上发表，她在文章中提出："战后复员时期，房屋将为民生问题中重要问题之一。"

学社在李庄时招录的练习生、后来著名的古建筑学家罗哲文回忆："此时，刘敦桢、陈明达先生已于两年前去了重庆，学社里只剩下梁思成、林徽因、刘致平和莫宗江几位先生……"李庄是这里许多人生命里的"寒冬"，家国遭难，生活艰难，亲友离散甚至牺牲，但他们终于战胜了它，并依然葆有对未来的热情。此时，再回头看当年朱启钤为定名"营造"所作的阐释，尤为让人感慨。一群专业知识分子即使在艰难时局中，对自己的专业工作仍矢志不渝。"在传统的血流中另求新的发展，也成为今日应有的努力"（梁思成《为什么研究中国建筑》），"营造"背后，能够读出太多家国之念。

（2016年）

同题有乾坤

戏曲有"套路",比如越剧,以前有人总结,越剧套路主要是"才子佳人相见欢,私定终身后花园,落难公子中状元,奉旨完婚大团圆"。未必每出戏都是"才子佳人""后花园""中状元""大团圆"俱全,却总能切中一二。像《梁山伯与祝英台》当属"才子佳人",《西厢记》关键在"后花园",《碧玉簪》里"中状元",《李娃传》归"大团圆"……

这些"套路"的渊源,有些来自文学文本的传承,有原型与母题的意味；有些是在演出过程中适应观众趣味逐渐修订、定型的结果。说到底，戏曲的"套路"其实也是种审美习惯，自有它如此这般的道理。而且，"套路"有时候只是题材限定，只要诚意足够，也能织出百样花来。

"洞房花烛夜"，算是越剧里比较常见的一种主题和情节。今年迎春时节，来自越剧故乡绍兴的演出策划者们，把越剧中部分"洞房花烛夜"集为一台演出——"同唱一台戏"《越剧·洞房》。他们的原意，或许是借红烛高烧的喜庆场景烘托迎接新年的气氛，不过，也在无意中用同题的形式展示了越剧"套路"里别有天地的一面。这些折子戏，分别摘自《一缕麻》《花为媒》《盘妻索妻》《狮吼记》《棒打薄情郎》《祥林嫂》《红楼梦》《十一郎》等越剧新老剧目。把这些同主题的名折名段聚集在一起，才发现多年积攒的剧目已经把这一主题演绎出了丰富的故事。在这些剧目之外，越剧中有类似主题的折子戏，至少还有《女驸马》《唐婉》《碧玉簪》等传统或新编剧目。

虽然是个喜庆的名目,但这名目之下各个剧目具体所演绎的故事,却要复杂得多。其中最有大众知名度的,应属越剧《红楼梦》的"洞房"一折。越剧《红楼梦》是小说《红楼梦》最成功的改编之一。1962年越剧演员徐玉兰、王文娟主演的戏曲片《红楼梦》,可以说是1987年版电视剧之前,影响最广的《红楼梦》改编作品。其中有许多流传至今、脍炙人口的名折名段,"洞房"一折就是其中之一。在一般的演出中,这一折通常被叫作《金玉良缘》。"林妹妹,今天是从古到今、天上人间,是第一件称心满意的事啊。我合不拢笑口将喜讯接,数遍了指头把佳期待。总算是东园桃树西园柳,今日移向一处栽……""我以为,百年好事今宵定,为什么月老系错了红头绳。为什么梅园错把杏花栽,为什么鹊巢竟被鸠来侵……"如人们所熟知的,这一折所演绎的"洞房"故事,实际上是一桩"调包计",有着先喜后悲的巨大转折。

有类似转折的,还有改编自《聊斋志异》相关篇章、曾以评剧等多种戏曲形式演出的《花为媒》中"洞房"

一折。《祥林嫂》《一缕麻》中的"洞房"段落则是悲中带喜，《狮吼记》《十一郎》里则有欢腾的喜剧意味……这些"同题"的段落，大多问世于不同的时间，经历过不同艺术形式、不同剧种的流传衍变，也代表了同一类型情节在演绎时所拥有的丰富可能性。

同一主题、情节类型，在不同时代背景或者不同作者的演绎里，或许能各有各的精彩。这方面，更为人们所熟知的，应算上散文大家朱自清与俞平伯在20世纪20年代所写的《桨声灯影里的秦淮河》。同题写作，既是雅趣，也是技艺的切磋，更给后来者留下欣赏揣摩的契机。诞生于中国现代文学诞生与努力摸索、走向成熟的阶段，《桨声灯影里的秦淮河》的同题巧思，更有文学家的深意存焉。

有时候，"同题"并不会表现得如《桨声灯影里的秦淮河》那样直白，但它们的深意，总要也总会有人去发现。就像元宵节时，我们爱把咏月的诗放在一处，它们未必都以月为题，却天然有所联结，并置时，又能生出孤篇吟咏所不能发觉的滋味。我曾看过一场名为《一些契诃夫的小戏》的小剧场戏剧,编剧把俄国小说家、剧作家契诃夫的几篇有关爱情和婚姻的短篇小说改编成一组"小戏"。四对男女的爱情际遇本来各自分散在契诃夫的创作中,突然并置于读者、观众身前。他们脱胎于契诃夫的笔尖,各有各的性格,各有各的人生经历,在爱情或者婚姻面前发出了不同的声音。但这些各自的声音,在同一位作家、同一种主题之下汇聚,又分明能够看到作家站在某个地方观察人生百态的影子。对编剧来说,这个源自契诃夫的小世界,大概也因此而层次丰富、情绪饱满了吧。

回头想想,中国戏曲里那些看似雷同的情节,经由剧作者、表演者各自投入的演绎,也早已不是"套路"所能概括的了。真把它们同题归置于一处,人们该发现多少日趋饱满的小世界呢?

(2017 年)

万重山间过旅人

李白在《春夜宴桃李园序》里说:"夫天地者,万物之逆旅也;光阴者,百代之过客也。而浮生若梦,为欢几何?""逆旅"指客舍、旅店。这段话是对时间与人生的比喻。但其实"逆旅"和"过客"的搭配,却正合古人对旅行这桩事的认识。古代能够踏上旅程的,以两类人居多:一是赴任或离任的官员,二是参加科考或者求官、交游的士人。要离开熟悉的家或者家乡,踏上旅途,在交通不发达又常有安土重迁心理的古人那里，并不是件容易的事。古诗里还专门有一类被划分为羁旅诗，总以愁绪居多。要见天地宽，并非轻松事。

不过，在这种情形下，"行万里路"也依旧是堪与"读万卷书"比肩而令人向往的事。说"逆旅""过客""浮生"的李白，按今天的说法来说，就是一个"旅行达人"。李白生在西域，幼年就随家人迁居蜀中。二十来岁的时候，他"仗剑去国，辞亲远游"，正式出蜀，开始了他一生千万里的旅程。游国恩的《中国文学史》说李白这一阶段"浮洞庭，历襄汉，上庐山，东至金陵、扬州，复折回湖北，以安陆为中心，又先后北游洛阳、龙门、嵩山、太原，东游齐鲁，登泰山，南游安徽、江苏、浙江等地，游踪所及，几半中国"。乘舟是李白旅行常用的出行方式。《别储邕之剡中》一诗记录了他经水路赴越州的经过："借问剡中道，东南指越乡。舟从广陵去，水入会稽长。竹色溪下绿，荷花镜里香。辞君向天姥，拂石卧秋霜。"到后来的"两岸猿声啼不住，轻舟已过万重山"就更是以水行千里著称了。

背负行囊四处游历，探山川胜迹，访人问文见世情，这样的旅行，堪称"壮游"。如此"壮游"，后还有以旅行家名世的徐霞客，前则有"史圣"司马迁。司马迁在《太史公自序》里记录了他那场两千多年前的"壮游"："二十而南游江、淮，上会稽，探禹穴，窥九疑，浮于沅、湘；北涉汶、泗，讲业齐、鲁之都，观孔子之遗风，乡射邹、峄；厄困鄱、薛、彭城，过梁、楚以归。"今天的研究者多认为这次"壮游"对司马迁的《史记》写作意义极大，不仅在精神成长方面作了铺垫，正所谓"读无字之书，禀山川豪气"，也在《史记》文中时有体现。可见这千里万里之行，得见天地之宽，意义并不全在于得以游览外面的山川风物，更在于旅行者自身的精神养成。"究天人之际"的豪气，"疑似银河落九天"的汪洋恣肆，都有外来的滋养。

也有以写游记为旅行的重要收获的。明人王思任，就是一位写游记的好手。他在一篇小品文里讲到游记的缘起，还对司马迁周游天下却不作游记抱以遗憾之情："司马子长（司马迁）善游，天未启其聪，不晓作记，记自柳子厚（柳宗元）开，其言郁塞，山川似藉之而苦，吾何取焉？苏长公（苏轼）之疏畅，王履道（王安中）之幽深，王元美（王世贞）之萧雅，李于麟（李攀龙）之生险，袁中郎（袁宏道）之俏隽，始各尽记之妙，而千古之游乃在目前。"就像王思任所说的，凭借这些游记，千古山川都在眼前。不过，都是融了这些旅行者各自怀抱与气质在里面的。

把旅行和假期联系起来，甚至几乎成为"同义词"，则是近一二十年大家无意中都接受的事了。托了交通便利的福，天南海北，千里万里纵横，如今都是等闲。一到假期，尤其是稍微长些的假期，如果不出门旅行，似乎就等于浪费。不过，假期和旅行的捆绑，其实也正说明当代人并不如我们自己所想象的那么自在，脱离日常生活空间、踏上旅程的机会并不真的比古人多。许多人的旅行，倒不如称旅游更确切。打卡、拍照、留纪念……常会觉得世界那么大，不抓紧去看看，不抓紧去下个地方，总会漏了什么。但"读万卷书，行万里路"的这个"行"字，并不是飞机里程的累积可以标识的。越来越多的背包客们或许更懂其中的滋味。

（2017 年）

重读与重温

人在传承中生活，往往知其然易、知其所以然难。所以要真正体会到"好"，多数需要时间参与酝酿。譬如读书，像苏轼说"旧书不厌百回读，熟读深思子自知"，但时间所参与的，恐怕不仅仅是"熟读深思"与"百回读"这番动作。它同时以读书者过去的生活时光，准备了思考的能力，准备了逐渐成熟的心智，准备了足够的阅历。有时候，这些可能更重要。

人们因此常有这样的体验，在人生的不同阶段读同一部作品，时不时会有新的认识。那些一度读来难明其妙甚至如有隔膜的文章，某一天重读，竟让人产生"我到今天才明白它的好"的感叹。这种感叹，看起来像顿悟，却并不是一蹴而就的。谁都明白，足够的时间积累，在其中发挥了什么作用。而且这时候所领悟的"好"也未必就是最真切的了。再往后，随着时间的进一步作用，可能还会有更多的体悟，更多的感叹，更多的"明其妙"的滋味。我在许多年后重读方志敏的名篇《清贫》，反复体味那句"清贫，洁白朴素的生活，正是我们革命者能够战胜许多困难的地方"，感受到的，正是这种过程与滋味。

多年以前读《清贫》时，只觉得它是革命者的遗作名篇，凭结尾一句就能看出洋溢的刚强与忠诚的气魄。如今再读时，却愈能体会其中质朴与从容的味道。再读是出于对一部戏的名字的好奇。国家艺术基金2016年度资助项目中，有一部以方志敏为主角、演绎方志敏狱中经历的戏曲，青岛市京剧院创演的《清贫之方志敏》——我一度对这个题目颇为好奇。

"之"这个字，作为助词，有多种用法，决定了题目至少可以有两种解读。一种大致相当于"的"，还有一种则近似于书与篇章之间的间隔号。如果是作前者来解读，当然是个简单的偏正词组，是最常见的人物传记的风格。而以后一种方式来解读，则更像是把一个抽象的主题与一个具体的人联系在一起，显示出两者间的张力。人是过去的革命者，主题却不仅仅属于过去。

1935年1月，赣东北革命根据地与红军第十军的主要创建人方志敏率领红十军团在北上途中不幸被俘，在狱中写下《清贫》等文稿。"我从事革命斗争，已经十余年了。在这长期的奋斗中，我一向是过着朴素的生活，从没有奢侈过。经手的款项，总在数百万元；但为革命而筹集的金钱，是一点一滴地用之于革命事业。"这是一段八十多年前关于公与私的偶然记录。这种公私之间的"考验"，并不是今天才那么突出的。在动荡复杂的环境中，或许会显得更为强烈。

但在朴素的生活与巨额的金钱、奢侈的生活之间，文章里所记录的选择是平静而坚定的。这种选择，不是我们熟悉的"天将降大任于是人也，必先苦其心志，劳其筋骨，饿其体肤"之类的论调，也不是苦行僧式的自苦。在《清贫》这篇文章里，方志敏多用的是更为中性、更具有价值观意味的"朴素"这个词。

我们如今理解，与其说这里的"清贫"表达的是一种生活优渥与否的状态，不如说表达的是一种意识与境界。这其中，当然有几十年后物质条件逐渐优渥，更需要强调精神饱满、能够抵抗诱惑与腐蚀的因素。但从"朴素"的角度来重识"清贫"，重温革命先烈对公私之分的践行，意义却不能仅止于抵抗诱惑。更往深处，是对信仰的求索。

方志敏平静而坚定的选择，来自对信仰的求索。"我们革命不是为着发财"，"清贫，洁白朴素的生活，正是我们革命者能够战胜许多困难的地方"。题为《清贫》的短文中，方志敏限于篇幅未曾详述，笔触却屡屡涉及他对"革命"这个毕生信仰的理解。在他的另一篇遗作《可爱的中国》中，描述得更加清晰：

我老实的告诉你们，我爱护中国之热诚，还是如小学生时代一样的真诚无伪；我要打倒帝国主义为中国民族解放之心还是火一般的炽烈……

假如我还能生存，那我生存一天就要为中国呼喊一天；假如我不能生存——死了，我流血的地方，或者我瘗骨的地方，或许会长出一朵可爱的花来，这朵花你们就看作是我的精诚的寄托吧！在微风的吹拂中，如果那朵花是上下点头，那就可视为我对于为中国民族解放奋斗的爱国志士们在致以热诚的敬礼；如果那朵花是左右摇摆，那就可视为我在提劲儿唱着革命之歌，鼓励战士们前进啦！

朴素的生活，平静的选择，或许正是因为底下有这样火一般炽烈的对国与民的爱为基础吧。

（2017年）

"时有微凉不是风"

暑热难耐。不知道是人越来越不耐热了,还是天真的一年比一年热了。有个段子也顺便一年比一年流行:空调是现代最伟大的发明。被热得急了,可能还会加一句"没有之一"。也有人调侃,打败我们的,不是天真,是天真热。

不由人不揣度,现代之前,人们是怎样在暑热中"幸存"下来的?杨万里的小诗《夏夜追凉》,讲的就是"幸存"的故事之一:夜热依然午热同,开门小立月明中。竹深树密虫鸣处,时有微凉不是风。

杨万里是诗史上和陆游等并称的"南宋四大家"之一。其著名的诗作,我们大多熟悉,比如"毕竟西湖六月中,风光不与四时同。接天莲叶无穷碧,映日荷花别样红",比如"泉眼无声惜细流,树阴照水爱晴柔。小荷才露尖尖角,早有蜻蜓立上头",还比如"篱落疏疏小径深,树头花落未成阴。儿童急走追黄蝶,飞入菜花无处寻"……

应该可以称杨万里是写夏天与荷花的好手。毕竟"小荷才露尖尖角""映日荷花别样红"基本可以称是写荷最著名的诗句之二了。他还有一首比较著名的写夏天的诗《闲居初夏午睡起》:"梅子留酸软齿牙,芭蕉分绿与窗纱。日长睡起无情思,闲看儿童捉柳花。"

这几首看起来都是闲适的。但《夏夜追凉》这一首看起来就比它们要"强烈"了。我们一般说"乘凉""纳凉",杨万里不急的时候也说"日长睡起无情思",但这首诗里他用的是"追凉",明显是被"夜热依然午热同"给热得急了。

晚上还和白天午后一样热，这种体验，我们也熟悉。不过一想到八九百年前，有个四十多岁的诗人被热得睡不着，那时还没有空调，开了门去树林里"追"凉快，这番场景与"苦处"，还是让人忍俊不禁。

大概在月光下的林子里听了一会儿虫声，站了一会儿，终于没那么燥热了，杨万里说："时有微凉不是风。"不是风，是什么呢？大概是找到"心静自然凉"的前空调时代避暑真谛了吧。

"心静自然凉"这个秘诀，可不只杨万里这个宋代人有。唐朝诗人白居易有一首《销暑》诗，比杨万里还直白："何以销烦暑，端居一院中。眼前无长物，窗下有清风。热散由心静，凉生为室空。此时身自得，难更与人同。"其实仔细读读，也有杨万里那首诗里"追凉"的那种急切和无奈之意。天太热了，热到别的什么都不能干，唯一的选择就是"端居一院中"默念"心静自然凉"了。无奈的白居易，无奈的杨万里……这么想起来，空调确实是现代伟大的发明。

诗词里，以"避暑""消暑"等为主题或入诗的，其实不少，印象深的，还有一句看似打油其实正经的："城里今年热异常，出城萧寺未全凉。"作者是宋时南渡名将张俊的曾孙张镃。苦夏的解药，宋末的枢密使文天祥提过一个药方："拔出金佩刀，斫破苍玉瓶。千点红樱桃，一团黄水晶。下咽顿除烟火气，入齿便作冰雪声。长安清富说邵平，争如汉朝作公卿。"题目是——《西瓜吟》。

来，吃瓜。

（2017年）

"不敢叹风尘"

每过一阵,网上总会有几篇文章戳中"漂族"的心事,成为爆款。

放到现在,蒋士铨的这首《岁暮到家》:"爱子心无尽,归家喜及辰。寒衣针线密,家信墨痕新。见面怜清瘦,呼儿问苦辛。低徊愧人子,不敢叹风尘。"大概也有成为"爆款"的潜力。因为"低徊愧人子,不敢叹风尘"这句,应该能戳中一大群人的软肋,属于人人心中有而口中无的那部分。

在他乡生活的人,可能都有"报喜不报忧"的习惯。打给远方家里人的电话,总是"身体好,工作好,一切都好,请放心"。

其实现实哪有那么好,日常的奔波坎坷,大大小小的不顺意,难免风尘扑面,但,"不敢叹"。这里的"不敢",不是我们今天所说的"不敢",而是"不忍"——远在异乡,已经不能朝夕看顾亲人,又怎么忍心再去述说自己的烦恼,让亲人徒添挂念与忧虑呢?所以有一种"低徊"的"愧",有一种"不敢叹"的"风尘"。

这首诗,是蒋士铨年末赶到家过年时写给他母亲的。诗人蒋士铨,今天声名虽然已大略止于专业圈子,但在乾隆年间,却是被时人推重的诗人,与袁枚、赵翼并称"乾嘉三大家",也被认为是乾隆、嘉庆年间最重要的诗人之一。乾嘉两朝一共八十多年,用今天来类比,大概是上个世纪30年代至今。连这段不算短的时间中最声名卓著的诗人,都难以抵挡两百多年的消磨与遗忘,时间之残酷可见一斑。

蒋士铨是江西铅山人。铅山这地方，宋代就留下了极深的文脉，一是辛弃疾生命中的最后十多年是在这里度过的；二是朱熹与陆九渊在这里的鹅湖书院进行论辩，即哲学史上著名的理学与心学交锋的"鹅湖之会"。

但蒋士铨的启蒙，其实是由他的母亲完成的。蒋士铨的父亲为维持生计远赴燕赵作幕。蒋士铨幼年随母亲寄居外祖家。他的母亲钟令嘉，自幼随父亲钟公读书，能诗文，晚号甘荼老人，著有《柴车倦游集》。因为蒋士铨年幼难以执笔，钟令嘉用竹枝作笔画拼字，让蒋士铨坐在她膝上认字，第二天再拼出前一天认的字。后来蒋士铨能执笔学文时，则一边纺线织布，一边口授文句。

蒋士铨在母亲教养下苦读多年，十一岁时又随父母远游太行。二十一岁时为督学江西的金德瑛赏识，得拜其为师，随其游学各州。《岁暮到家》一诗正写于这一年。在外游学，终于赶在年末时回到家中拜望母亲。《岁暮到家》前三联写母亲，尾联写自己，都是心上带怜意,一个是"呼儿问苦辛",一个是"不敢叹风尘"。

说起来,蒋士铨一生异乡漂泊的时间并不算久。"漂泊"的前提是离家,家的依凭却是父母亲人。而蒋士铨前二十一年基本在母亲或父亲身边。尽管中间有十年离开了江西老家,但也是举家北上。之后其父去世,他无论是考中进士后举官,还是辞官主持书院,都带着母亲迁居。能称得上"离家"的日子,可能就是二十一岁随师游学这一年和一生中的几次科考。

相比之下,当代人远游的频率更高,"漂泊"的意识可能更强烈。所以高考录取季之后,拿到录取通知书,有了"从此,父母只剩背影,故乡只有冬夏"的催泪说法。

但终究是游学一年的蒋士铨把"不敢叹风尘"这番远游人心中的复杂情感写出来了。

"风尘"二字,名作《临安春雨初霁》里,陆游也用过:

> 世味年来薄似纱，谁令骑马客京华。
> 小楼一夜听春雨，深巷明朝卖杏花。
> 矮纸斜行闲作草，晴窗细乳戏分茶。
> 素衣莫起风尘叹，犹及清明可到家。

这首诗里，最有诗意的是"小楼一夜听春雨，深巷明朝卖杏花"。但最能惹人动容的，或许该是"世味年来薄似纱，谁令骑马客京华"的"客"字。而那种客居之意、寥落之情，追索起来，还要落在"风尘叹"三个字上。所谓"素衣莫起风尘叹，犹及清明可到家""归家喜及辰""见面怜清瘦""低徊愧人子，不敢叹风尘"。

异乡漂泊的人，总有几句说不出口的话。以前可能是在岁暮归家时，现在可能是在日常的电话里。

（2017年）

"何用堂前更种花"

9月10日教师节,向老师们问好。

如今的时代,不是人人都当过老师,但必然人人都当过学生;不是每个人都有学生,但必然每个人都有老师。入室,私淑……师与生这对关系,在教育昌明的时代,比以往更广泛。

说说老师这个职业。不是每个有师生之谊、师生之实的老师,都以此为业,这是当今丰富的生活形态决定的。但以老师为职业的,必然是师生这组当代广泛的社会关系中最稳定的那部分。通常来说，也是颇具荣誉感的那部分。

其实与其说是荣誉感，倒不如说是成就感。在我想来，每种职业，倘要使人有持续的热情，每个从业者，倘要对自己所从事的职业有持续的热情，来自成就感的力量就不可欠缺。什么叫职业的成就感？规划师看着城市按照自己的蓝图从无到有；编辑找到一个好作者、发现一篇好文章，而且在目标读者中找到最理想的反馈；技术工人看着一个要紧的零件在自己手里被打磨得毫厘不差、恰如其分……都可能算是职业的成就感。老师们的成就感呢？窃以为以往已毕业了的学生们去拜望，可能是他们成就感最强的时刻之一。

天地间有人，教师这个职业最得"人"之一字。"绿野堂开占物华，路人指道令公家。令公桃李满天下，何用堂前更种花。"白居易当年的这首《奉和令公绿野堂种花》诗，用来形容这个职业育人得人的成就感，最是适合不过。"桃李"一词代指学生，今人早烂熟。有满天下的桃李，何用再在区区的庭院中栽什么炫目的花。没有什么盛放的花,这个门庭也照样占尽天地物华,受人瞩目尊敬。

其实"桃李"是有价值判断的。《韩诗外传》里逃亡的魏国大臣子质向赵国赵简子抱怨,栽培了一大批人,但"所树之人"中"堂上之士恶我于君,朝廷之大夫恐我以法,边境之人劫我以兵"。赵简子却批评他,说他只是所树非人,"春树桃李,夏得阴其下,秋得食其实。春树蒺藜,夏不可采其叶,秋得其刺焉"。"桃李"的价值判断就在和"蒺藜"的对比中。另一句俗语"桃李不言,下自成蹊",就把这种判断表达得更明显了。

古时候的老师,除发蒙就学的师生组合之外,还有座师与门生等形式。所以唐代诗人刘禹锡诗里说:"礼闱新榜动长安,九陌人人走马看。一日声名遍天下,满城桃李属春官。"但到现代,这种师生关系已退出舞台。"桃李"之说也就更纯粹了。无所谓选拔栽培,只要能清白生长,独立成人,就是天下桃李中合格的一株了。

年年育人，岁岁得桃李。在这样的节日时起身一看，庭前满是桃李，又哪里还稀罕去另种什么花。或许还有初入此业的老师，想想几年后桃李满堂的场景，多半也能提前体会这种成就感了。

（2017 年）

普通话不普通

今年的 9 月 11 日至 17 日，是第二十届全国推广普通话宣传周。本届宣传周的主题是"大力推广和规范使用国家通用语言文字，自觉传承弘扬中华优秀传统文化"。二十年来，每年 9 月的第三周，"普通话"都会成为当周主题之一。

使用国家通用语言文字，由我国第一部语言文字方面的专项法律《中华人民共和国国家通用语言文字法》（以下简称《国家通用语言文字法》）专门规定。

这部法律施行于2001年。在这部法律中，正式规定了我国通用语言文字是普通话和规范汉字。

第一届普通话宣传周，启动于《国家通用语言文字法》施行前三年。那届宣传周的主题是"推广普通话，促进语言文字规范化"。此时，距当年全国文字改革会议确定推广普通话已四十多年。

从1955年的全国文字改革会议，到1998年全国推广普通话宣传周启动，再到2001年的《国家通用语言文字法》施行，推广和规范使用国家通用语言文字的主线未曾含混。《国家通用语言文字法》颁布十周年，中央领导人在出席纪念座谈会时说，推广和普及国家通用语言文字，是维护国家主权与尊严、体现国家核心利益的战略举措。

"普通话"在共和国语言文字中的地位应运而"立"。它和"简化字"就仿佛共和国语言文字大家庭中的一对姊妹。

"普通""简化"，从这两个词中，可以看到共和国语言文字推广方案设计者们的良苦初衷。当年，战乱之后百废待兴的中国,有大量没有上过学甚至不识字的同胞,扫盲成了中国人站起来了后必须做的一件事。另一方面,在这片广袤的国土上,语言不通,也成了大家并肩携手前行的障碍。要找到一种尽可能简单、易于学习的语言和文字,使更多人能够尽快识字用语,这样才能够在幅员辽阔的国土上沟通无碍,维持社会协调运转,提高生产生活水平。

在共和国最初的岁月里,语言文字的改革同样是历史性任务的一部分。承担这一任务的人们选择了"普通话"和"简化字"。

其实,"普通话"的称谓,并不是共和国成立之后才有的。1949年6月16日新华社曾发布北平新华广播电台的节目表,里面就有每天四次的"普通话新闻"。1949年10月,语言学家黎锦熙先生在中国文字改革协会成立大会上向海外华侨发言时,也提到"普通话":

> 中国文字改革运动和国语统一运动,向来是互相联系的。在三十年前,海外华侨,只举南洋

为例，广东福建的人居多。广东福建是邻省，见面谈话如同外国人；潮州和广州更是同乡，两处的人听一个北方人演说，就要用两个翻译。彼此懂得英语，就用英语来代替国语；彼此都是读书人，就用笔谈来代替口说。这种情形到了一九一九年后，华侨中小学大都学习国语注音字母，渐渐大都能说或听懂祖国普通话了。海外侨胞到祖国，把语言搞通了，所以更增加了团结的力量。

拼音，是经常被拿来与"普通话""简化字"并举的语言文字改革结晶。当年拟订推出拼音方案，初衷之一，正是为了便于人们学习普通话。中国文字改革委员会1955年对拼音方案草案有这样的说明——"拟订汉语拼音方案的目的，是要设计一套拼音字母和写法规则，来拼写以北京语音为标准音的普通话"，拼音"可以用来作为普通话的教学工具。单凭耳朵和嘴巴学习普通话，听过、说过容易忘记；有了拼音字母，就可以通过普通话的拼音读物来学习普通话；还可以根据记音的是否正确，来检查发音的是否正确"。

不过，我们可能不知道，全国普通话口音最标准的，并不是我们想象的北京等地，而是河北的一个县——滦平。为什么会这样？这有它历史的渊源。明永乐之后，长城外很大范围（包括滦平）曾成为军事隔离区，人烟稀少。当地研究者说，两百多年的人口空白，"像磁带消磁一样，'洗'掉了原来的方言，滦平成了一盘等待录音的空白磁带"。但清代之后，滦平就从长城边塞弃地成为多民族融合的走廊，也成了语言融合的园地，最终形成了滦平口音。1953年，中央人民政府政务院派出的语言专家曾在滦平的金沟屯镇、巴克什营镇、火斗山乡三地进行语音采集。这种在历史融合中形成与传承的语音，最终成为普通话语音的重要样本。

这个出人意料的采集地，其实正可印证当年选择普通话的初衷。

1955年10月26日，《人民日报》刊发了一篇与推广普通话有关的社论。里面提到推行普通话的重要性:"普通话是为全民服务的""必须不断地扩大普通话的应用范围,要尽力提倡在公共场合说普通话,尽力提倡在书面语言中使用普通话,要纠正那种不承认普通话、不愿听普通话甚至不许子弟说普通话的狭隘地方观念"。教育部公布的数据是,六十年后的2015年,我国的普通话普及率是百分之七十三。另有估算数据认为,其实只有一成人口能用比较标准的普通话流畅沟通。

但是否具备用普通话进行交流的能力,则应以能否实现沟通交流目的为衡量标准:即使带有浓重的地方口音,但如果其表述的内容超过百分之八十五能为对方理解,能实现沟通,则应被归为会说普通话的群体中。

推广普通话的事业,追溯到共和国成立之时,可谓远道而来之"道远"。向共和国的未来看去,则无疑是重任在肩的"任重"。任重道远,普通话不普通。

(2017年)

从"三线"到"一线"

三十年后,小山冲里这片"小三线"旧厂房又喧腾起来。

我第一次听说"小三线",是在安徽霍山县。这个县位于安徽西部,大别山腹地。在山间的山间,一个叫东西溪的乡里,有一片原安徽省淮海机械厂的旧厂房。当地人称其为三线厂,月前正筹划着手改造这片老厂房,重新聚拢人气,再尽其用。

"三线"这个词在老一辈人里耳熟能详。上世纪

60年代前期，面对我国周边环境动荡、战争风险急剧增加的局势，领导人提出"三线建设"战略，"集中国家的人力、物力、财力，把三线的国防工业，原料、材料、燃料、动力、机械、化学工业以及交通运输系统逐步地建设起来，使三线成为一个初具规模的战略大后方"。

然而知道"小三线"的应该不会太多。根据战略纵深布局，"三线"主要指西南省份，像安徽在当年属于二线。不过一线、二线地区也被要求把各自腹地建设成战略后方，也就是"小三线"。大别山腹地里的这个淮海机械厂，就是由当时的南京军区和安徽省委后方建设指挥部选点建设的"小三线"工厂之一，代号九三五六，主要生产高射机枪。

"三线建设"的国家战略和"好人好马上三线"的时代号召，将六千名各地技术尖兵会集到这连绵大山中，建设九三五六厂。

同样是国家战略重点的转移，让这片曾经喧腾的厂房沉寂。局势在变，战略也跟着变。曾经战备第一的"三线建设"，也开始考虑经济效益。军工厂被要求利用多余和暂时闲置的生产能力，努力生产民用品。70年代末，这家工厂从手工敲打汽车配件发展到批量生产并推出民用的飞虎牌微型汽车，1986年终于搬出隐蔽但交通不便、离市场较远的小山冲，移往省城合肥。

一家机械厂的产品变化、地点迁移，映照着历史变迁的身影。九三五六厂的旧厂区就在历史变迁中遗落于小山冲，在山林和田地中沉寂老化，倏忽二三十年。

这样的旧厂区，按如今的说法，应该叫工业遗产。中华人民共和国成立至今，全国各地能称工业遗产的地方不少。以前大家多不在意，或者任它废弃在那里，日晒雨淋，随丛生的荒草自然风化，或者干脆把旧的拆光铲平，腾出地皮另展手脚。

但渐渐地，有人意识到，除了一废了之、一拆了之，我们或许还可以选择善加改造，作新的利用。比如北京的"798"就是在原来电子工业老厂区基础上陆续改造，成为国内较早也颇知名的艺术区。"三线建设"的工业遗产，也逐渐开始有所改造利用。《人民日报》记者调查版曾专文讲述"大三线"重庆"816工程"，记录它当年建设"世界最大人工洞体"的壮举以及如今改造利用的尝试。这样的尝试，这些年是越来越多了。

在霍山县东西溪乡这片旧厂区，首先改造入驻的是名为月亮湾的作家村。这片旧厂房与生活区，当年的人虽早已迁走，经历多年荒废时光的建筑还在，勾连着跌宕的岁月风云。时有"三线厂"的老员工远道前来回味岁月。即使是我这样没亲历那段历史的人，也仿佛能从这有岁月痕迹的厂区、旧建筑上看见历史，甚至意外了解到原本不太熟悉的内容。对真正的作家来说，大概就更有启发意义了。

就这些工业遗产而言，改造，从投资上未必一定比拆旧建新来得节省与便利，但保存和重新利用它们，可以在留存记忆与寻求适当的经济效益间取得合理平衡。中华人民共和国从一个贫穷落后的农业国走到今天，这些工业遗产是无比生动的见证，蕴藏着丰厚的意蕴。让它们以新的形式"存活下去"，甚至成为产业循环起来，将可能是另一段精彩的中国故事。

从一味拆建甚至废弃，到适当改造再利用，折射着人们意识的变化。往深了说，它透露出的更是我们对时代新的判断，对生活新的对待方式。其实又何止工业遗产？千里之外，在浙江省松阳县，当地对传统村落的保护越来越受到外界关注，同样折射出这种社会环境与意识的悄然嬗变。

松阳县位于浙、闽、皖、赣四省交界的浙西南山区。县域主体在山中，八山一水一分田，至今较为完整地保存着上百个传统村落，其中七十余个被列入中国传统村落保护名录。这些村落多数存于交通不便的山地，很多村落甚至整村都是泥墙古民居。放在过去，这大概是会被视为弃之不及的落后遗存。在经济发展稍早、稍发达的地方，推倒泥墙，建起不土不洋的砖瓦楼房，数见不鲜。如果沿着昔日别处已有的模式，荒废或者拆建大概是松阳这些村落最可能的结局。

不过，如今的松阳，这些村落却是被保护的对象。松阳因为成规模、保护较好的传统村落，成为全国传统村落保护发展示范县、中国传统村落保护利用试验区和全国"拯救老屋行动"整体推进试点县。

人们开始学会静静体会这些泥墙青瓦旧村落的美感。保护也不再是单纯封存，本地人和外来设计师联手，逐步对一幢幢建筑、一片片区域进行精细而有针对性的设计改造，使它们有旧模样、有往日气息，又适于今天的生活。一切仍在探索中，但有越来越多的人正在关注这种探索，凝视这场让中国传统古典村落与当代生活水乳交融的试验。

从村落到工厂，从历史遗存到当下，从废到用，从旁观到切入生活，以前偏好彻底拆旧建新，现在却开始懂得从旧中生出新……这一切变化，大概正是一个国家从物质到精神前行的脚步带起的涟漪。

（2018 年）

沧海曾望

一

有些意外,会在这东海的海岛上与颜延之"相遇"。

沿着白马古道,从位于这个岛西北部的小朴村出发,由曲折的木栈道向上,穿过密林,经过石阶,来到山巅,就看到了望海楼和楼前的颜延之雕像。他戴冠着袍,长身而立,衣袂翻卷,头顶着高天流云,举目远眺,一手捋着长须,一手握着书卷。这雕像站在明三暗五的望海高楼前，竟丝毫不逊气势。看来，设计与雕刻者，并不打算让它作为望海楼的附庸，而是与这高楼并峙，相互增添光彩。

才知道，原来颜延之还与这洞头海岛、与这海岛上的望海楼亭有渊源。

浙江的第二大江瓯江，自西流向东，在浙江南部的温州入海。瓯江口，也成为我国除长江口、黄河口、珠江口、钱塘江口外的主要河口之一。洞头的四百多岛屿和岛礁，正在瓯江口外。瓯江源源不断入海的江水，似乎在催促着人放眼向东。从洞头举目，视线似乎可以沿东海无限延展，直投向浩瀚的太平洋。这或许就是唐人张又新所感叹的"积水沧浪一望中"。

"灵海泓澄匝翠峰，昔贤心赏已成空。今朝亭馆无遗制，积水沧浪一望中。"张又新生活在公元800年前后，这首《青岙山》正是他寻访早他三四百年的前辈诗人颜延之的足迹而不见发出的感叹。

南北朝时，颜延之曾担任刘宋王朝的永嘉太守之职，任上足迹无处不到，在如今洞头的海岛上建望海亭，以观海景。湿润的海风里，梁木易朽；岁月的剥蚀与掩埋，甚至连柱石也难以幸免；亭台楼阁兴废不歇，就像在这临海的山中眺望过风景的人一拨拨来去。人，与人留下的印迹渐渐消失。唯有翠峰灵海依旧，举目望去，沧浪滚滚，随海风起伏。张又新在"昔贤心赏已成空""今朝亭馆无遗制"里表达的，正是这种遗憾之情。不过，"灵海泓澄匝翠峰""积水沧浪一望中"是不是还有一些"今月曾经照古人"的窃喜呢？

据说，青岙山所在的岛，就是如今的大门岛。如张又新所记，颜延之的望海亭在他那时就已无存。与张又新寻访颜延之的足迹相隔一千一百年，洞头人在如今政府机关所在的另一个大岛洞头岛上建起明三暗五的望海楼。

从大门岛到洞头岛，从望海亭到望海楼，在地图上似乎连起了一条线。沿着这条线，似乎能望见时光与文脉的来去。线头当然是颜延之。世间美景常在，但唯有与人联系在一起，才有了供人阐释与想象的余地。对洞头而言,颜延之是点燃这片海上风景的火把。

二

也算是与"故人"相遇吧。我曾在陈翔鹤的《陶渊明写〈挽歌〉》里瞥见颜延之与陶渊明的友情。1961年,作家陈翔鹤在《人民文学》上发表了短篇历史小说《陶渊明写〈挽歌〉》。这篇小说也成了那一时期历史小说的代表作之一。颜延之曾在这篇小说里出现于陶渊明的生活:

> 在六朝时候宋文帝元嘉四年(427),陶渊明已经满过六十二岁快达六十三岁的高龄了。近三四年来,由于田地接连丰收,今年又是一个平年,陶渊明家里的生活似乎比以前要好过一些。尤其是在去年颜延之被朝廷任命去作始安郡太守,路过浔阳时,给他留下了二万钱,对他生活也不无小补。虽说陶渊明叫儿子把钱全拿去寄存

到镇上的几家酒店，记在账上，以便随时取酒来喝，其实那个经营家务的小儿子阿通，却并未照办，只送了半数前去，其余的便添办了些油盐和别的家常日用物；这种情形，陶渊明当然知道，不过在向来不以钱财为意的陶渊明看来，这也算不得什么，因此并不再加过问。

这段故事，其实出自《宋书·陶潜传》。颜延之赴任始安郡太守，路过浔阳，见到阔别多年的好友陶渊明，便停留了些时日，"日日造潜，每往必酣饮致醉。临去，留二万钱与潜，潜悉送酒家，稍就取酒"。对这送与收，陈翔鹤在他的小说里借陶渊明之口解释：

"人生实难，死之如何"！难道这不是我对于生死一事的素常看法吗？哎，脚都站不起来，老了，看来是真正的老了啊！凡事得个结束。明天得叫庞家儿媳妇回娘家去，请那位书手将我的诗稿多抄两份，好捡一份送给颜延之。他上回送我的二万钱，数目可真不算少呀。他不肯轻易送人，我也不是那种轻易收下赠物的人。

虽然是小说家言，但出自同时是古典文学研究专家的陈翔鹤之手，这篇小说便不仅仅是小说。它同时不乏"论文"的色彩，是基于历史的同情与理解，对陶渊明与颜延之交往的生动描写。颜延之比陶渊明小近二十岁，两人算得上是真正的忘年交。陶渊明去世后，颜延之作《陶征士诔》。这是一个与陶渊明有过深度交往的人给后人留下的笔墨，也被后人视为研究陶渊明最早的文献。后人称陶渊明为"靖节先生"，"靖节"也是出于此文。"追往念昔，知己情深，而一种幽闲贞静之致，宣露行间，尤堪讽咏。"（许连《六朝文絜笺注》）陶渊明不为五斗米折腰，对世俗富贵自有其态度。而与之相交莫逆的颜延之，思想性格也较相近，对世俗的态度，也可想而知。

其实，在世俗富贵里打滚的颜延之，一生的境遇，并算不上顺利。事实上，他到永嘉任太守，也是被贬黜的一生的一个缩影。游至洞头，筑望海亭观景，也未必没有悠游山水排遣积郁的原因。这样的做法，他的另一位朋友，中国山水诗的开创者之一谢灵运，早已用过。

对学习过中国文学史的人来说，颜延之与谢灵运合称"颜谢"这一章节，必是旧相识。两人曾为同僚，又同与刘宋的庐陵王刘义真交往甚厚，彼此关系也十分密切。刘宋少帝即位后，两人相继被贬黜外放，谢灵运被外放为永嘉太守，颜延之则被外放到如今的广西桂林、当年尚荒凉偏远的始安——也正是在这次赴任途中，他去探望陶渊明，留下每往酣饮至醉的交游之景。

不得志而寄情山水，这在中国古代文人中不乏其例。谢灵运素爱山水，因而其足迹遍及永嘉郡诸县，写下了许多山水诗篇，看山看水甚至看海，《游岭门山》《登池上楼》《邵东山望海》……这也成为永嘉郡史上最为人津津乐道的一笔。数年后，政局变化，两人被同时召还。再相逢，谢灵运写下《还旧园作见颜范二中书》诗,颜延之写《和谢监灵运》作答。

恐怕两人都没想到,再过多年,颜延之会到谢灵运曾任职踏访的旧地,担任永嘉太守。而此时,谢灵运刚刚在广州因"叛逆"罪名被杀。身在贬黜之地,思及友人当年的足迹与如今的命运,颜延之在永嘉短短的一段时间中,不知怀着怎样的心情。或许只有在亭中独坐,举目望海,学当年的谢灵运寄情于山水美景之间,才能遣怀吧?颜延之的代表作《五君咏》,就诞生在这心有块垒的岁月里。

三

"阮公虽沦迹,识密鉴亦洞。沉醉似埋照,寓辞类托讽。长啸若怀人,越礼自惊众。物故不可论,途穷能无恸。"(《五君咏·阮步兵》)外放永嘉,对当时的颜延之来说,应该是人生、仕途的挫折,所以《宋书·颜延之传》说他"甚怨愤,乃作《五君咏》"。他写了这组五首五言八句的诗,分别吟咏"竹林七贤"

中的阮籍、嵇康、刘伶、阮咸、向秀，实际上是借以自况，抒发那种不容于世的愤懑。

古人说，诗穷而后工。当时的挫折，对后世人眼中的颜延之来说，无疑是人生最重要的经历。《五君咏》，被后人视作颜延之最重要的文学作品之一。常读历史的人，见多了生前寂寞、身后声名鹊起的面孔。颜延之却恰好是那些相反的历史面孔。他称得上是生前声名鼎盛，相比之下身后颇为寂寞的典型。《宋书》称他"好读书，无所不览，文章之美，冠绝当时。……延之与陈郡谢灵运俱以词彩齐名，自潘岳、陆机之后，文士莫及也，江左称颜、谢焉。所著并传于世"。一时颜谢，旁人不及。他和鲍照、谢灵运被人合称为"元嘉三大家"。不过，南朝之后，颜延之在文学中的地位陡然降低，历代文人对他的用典繁密与雕琢颇多批评。

历史的淘洗无疑是无情的。生前的赫赫声名，也无力阻挡身后的坠落。不过，这种坠落，是以千年这样的时间单位来计量的，却无碍于他对南朝文学曾经有过的重大影响，无碍于他在漫漫的中国古典文学史上刻下的属于自己的一段文字。几千年，亿万人中，又有多少人能媲美。在文学史中的这段属于颜延之的文字里，《五君咏》经常占据重要的一部分。后世的大部分评论，在肯定颜延之的文学成就时，就是以这组诗为论据的。这组人生逆境中的产物，无疑成了他一生光芒聚集的所在。

历史的细节早被光阴侵蚀，我们已无从得知，他具体在哪里的日光下或者烛火中写下这组诗，我们只能从内容中想象当时的情景，揣摩他当时的心情。"阮公虽沦迹，识密鉴亦洞。"阮籍以"口不臧否人物"著称，自隐自晦，但实际上他见识卓著，对世事有广而深的体察。"物故不可论，途穷能无恸。"时事已不可评论，只能保持沉默，可在阮先生途穷而返的故事里，能没有深深的愤懑不满吗？写的是阮籍，却分明可以把他自己代入进去。阮籍驾着车，任由车走到哪里，直到无路可走，痛哭而返。这个"途穷而返"的故事，在颜延之身上，岂不就是驾舟出海，在青岙山筑亭观海而返?

"物故不可论,途穷能无恸。"对颜延之而言,东海上的这片岛,是不是就是途穷之地?《五君咏》,是不是就是途穷而返的深恸之言?

"刘伶善闭关,怀情灭闻见。鼓钟不足欢,荣色岂能眩。韬精日沉饮,谁知非荒宴。颂酒虽短章,深衷自此见。"(《五君咏·刘参军》)刘伶的《酒德颂》,短短两百来字,却刻画出了他不得已自隐于酒中的深衷。《五君咏》这短短的诗章,又何尝不能从中看出颜延之的"深衷"呢?"向秀甘淡薄,深心托毫素。探道好渊玄,观书鄙章句。交吕既鸿轩,攀嵇亦凤举。流连河里游,恻怆山阳赋。"(《五君咏·向常侍》)嵇康与吕安被杀后,向秀路过他们曾同游的山阳,心中凄怆,写下《思旧赋》。而来到曾是谢灵运贬黜之地的颜延之,想起已被杀的谢灵运,是不是也有同样的凄怆呢?

深含隐衷的《五君咏》,与颜延之的旅迹心路默默对应起来。青岙山巅望海亭前的海潮声,是否曾是他吟咏的伴声？美景，在这个时候，不知算不算得上人生的抚慰。时光太久太远，把旧亭台都化作了残垣断壁，又磨灭在海雨天风里。

百年千年里，也仅有海雨天风依旧。不过，风景倒因为这样的人生足迹而变得意味深长。它不再仅仅是眼前所见的云和海，而让人有了层层回溯探寻的冲动，有了盘桓的余地。如今我们登上望海楼远眺，也不免会想象，几百年后，会不会有人追念我们今日的登楼远眺，就像我们追念张又新在一千一百多年前登上大门岛的沧浪一望？而当年张又新站在青岙山头，又是如何想象颜延之筑亭观海的历史风景的呢？

眼前，是亘古的沧浪。

（2018年）

精品栏目荟萃

《副刊面面观》

《心香一瓣》

《纽约客闲话精选集 一》

《多味斋》

《文艺地图之一城风月向来人》

《书评面面观》

《上海的时光容器》

《谈艺录》

《问学录》

《名人之后》

《纽约客闲话精选集 二》

《编辑丛谈》

《本命年笔谈》

《国宝华光》

《半日闲谭》

《这么近，那么远》

《群星闪耀》

《深圳，唤起城市的记忆》

个人作品精选

《踏歌行》

《家园与乡愁》

《我画文人肖像》

《茶事一年间》

《好在共一城风雨》

《从第一槌开始》

《碰上的缘分》

《抓在手里的阳光》

《阿Q正传》

《风吹书香》

《书犹如此》

《泥手赠来》

《住在凉山上》

《老解观象》

《犄角旮旯天津卫》

《歌剧幕后的故事》

《色香味居梦影录》

《走读生》

《回家》

《武艺十八般》

《一味斋书话》

《收藏是一种记忆》

《沙坪的酒》

《花树下的旧时光》

《嘉兴人与事》

《"闲话"之闲话》

《红高粱西行》

《丽宏读诗》

《流水寄情》

《我从〈大地〉走来》

《守望知识之狮》

《慢下来,发现风景》

《有时悲伤,有时宁静》
《装帧如花》